# SOY RICO
# Y SOY FAMOSO

Garbi Zuzunaga

# SOY RICO
# Y SOY FAMOSO

Primera edición: julio 2024



ISBN: 978-84-128719-3-7
Depósito legal: M-16814-2024

Ediciones Passer
Madrid
info@edicionespasser.com
www.edicionespasser.com

Impreso en España

*A los que estáis,*
*justo por eso, porque estáis.*

*A los que ya no estáis,*
*porque me hubiera gustado que estuvieseis.*

*Y a los que estáis sin estar,*
*porque no es justo que estéis como estáis.*

*«Where is my mind?»*
*Surfer Rosa, PIXIES*

# CAPÍTULO 1

## ¡Gracias señor presidente!

Soy rico.

Soy rico y soy famoso.

Y se lo tengo que agradecer al presidente del Gobierno. De forma indirecta, sí, pero se lo debo a él. Así que, ¡gracias señor presidente!, de corazón. Se las doy aquí públicamente, aunque se las haya dado ya también en privado. Que no he sentido más orgullo en mi vida que cuando me invitó usted a Moncloa para conocernos. Jamás olvidaré cuando nos intercambiamos nuestros respectivos libros, nos preguntamos el uno al otro los nombres de pila para la dedicatoria y, sobre todo, cuando luego nos fuimos con unas Mahous a podar bonsáis a su jardín. ¡Joer, que tarde más buena echamos!

Hay un refrán que dice: *Eres más cumplío que un cordobés*, y yo soy cordobés, cordobés, que nací en la casa de mi abuela en la mismísima Plaza de la Corredera, así que es un privilegio para mí seguir haciendo honor al refrán: ¡Gracias de nuevo señor presidente!

[Nota informativa, deferencia del autor:

Hay otro refrán que dice: «Cordobés y hombre de bien no puede ser». En este caso no se me aplica, por mucho que la abuela de mi mujer se lo dijese a cada instante desde que se enteró que estábamos saliendo. Gracias chiqui por no echarle cuenta. Lo mismo la abuela tuvo un encontronazo con algún compatriota y pensaba que todos éramos iguales. Nada. Sin rencor, abuela consorte.]

Es que fue una iluminación. Cuando leí en el Diario Córdoba que el libro que había publicado el presidente, *Manual de Persistencia,* había batido récords de ventas y le había reportado una cantidad considerable de derechos de autor (que además los declaró a Hacienda, ¡qué crack!), sentí como un estremecimiento y, en ese mismo instante, supe que iba a escribir un libro. Un libro que iba a revolucionar el panorama literario tanto como su *Manual de Contingencia.* Me dije: «Garbi, si él puede. ¡Tú puedes!». Y simplemente me dejé llevar, empezó a fluir sin cesar, y lo escribí. Dejé salir lo que llevaba dentro y el verbo se hizo carne (esta frase me causó posteriormente ciertos problemillas, lo mismo un día os lo cuento).

Ahora, con la madurez del escritor consagrado, miro en retrospectiva la vorágine de estos últimos meses (¡ha ido todo tan rápido!) y pienso que simplemente estaba predestinado, que todo esto tenía que ocurrir en el momento que ocurrió. No, no me refiero a cuando compré el periódico y leí la noticia. Me refiero al momento personal y familiar.

Por un lado, íbamos necesitando ya un piso más grande porque los niños se nos estaban haciendo mayores y sin que te des cuenta se emparejan, se ponen a tener hijos y luego... ¿Dónde los metes cuando vengan todos de visita si la casa es chica como la nuestra? ¿Sobre todo si viven fuera y se tienen que quedar a dormir? Ahora tenemos un chalet en las afueras de Córdoba con piscina, huerto, una pequeña plaza de toros y seguridad privada, esto último por consejo directo del presidente, a raíz de mi fulgurante fama mundial. Le faltó tiempo para ponerme en contacto con el director del CNI, el comisario Vapaviejo, para coordinar las medidas de seguridad en casa. Por cierto, un tipo encantador y superdiscreto. Habla con voz suave y calmada y siempre va con una gorra, mirando hacia abajo, con una carpeta en el pecho donde llevaba la documentación. La postura típica del antiguo agente de campo en misión de incógnito. Donde hubo fuego, siempre quedan rescoldos.

Por otro lado, llevaba ya tiempo pensando en cambiar de trabajo. Yo era chapista en SEAT, pseudónimo de Sociedad Española de Automóviles de Turismo. Y estaba cansado del ritmo de vida que llevábamos en casa. Levantar a mis dos bombones, preparar desayunos, llevarlos al cole, tirar para el trabajo, estar horas y horas escuchando golpes y golpes en el taller. Volver a casa, comer deprisaycorriendo para luego llevar a uno al ajedrez y al otro al curling (lunes y miércoles; hay que hacer deporte sí o sí), uno a chino y el otro a croata (martes y jueves; el chino del mayor porque dice, con razón, que es el idioma del futuro y el croata del pequeño porque se empeñó después de un viaje a Dubrovnik). Cuando no tienes que ir al locker de Amazon a por un paquete o al eKiwoko Mundo Animal para la comida del erizo. Y luego volver a casa a preparar cenas y, con suerte, tener algo de fuerza para, al menos, ver una miniserie de Netflix, que a ver pelis completas no llega uno ya. Un estrés... Ahora trabajo por lo menos una hora diaria escribiendo y el resto me documento por internet desde la piscina (grande Wikipedia).

Pero en el fondo, lo que creo es que estaba predestinado, porque siempre he soñado con ser escritor. Bueno, también me hubiera gustado muchísimo ser camionero de tráiler americano de dieciocho ruedas, sin contar las de repuesto. Y por supuesto, me hubiera encantado ser actor. Camionero no sé qué tal me hubiera ido, porque no doy el físico. No tienes más que ver lo de buen año que están todos los camioneros que salen en las pelis; musculosos, bronceados, guapos que se parten… Yo no soy así; yo soy normal, fofisano, blancuzco y ni guapo ni feo ¿verdad chiqui? Pero actor… de actor lo hubiera petado. Tengo un abanico de registros que lo flipas. Lo que pasa es que, hasta ahora, la vida no me brindó la oportunidad de demostrárselo al gran público.

Pero ahora que soy rico y famoso fíjate… me he comprado un tráiler de dieciocho ruedas (y cuatro de repuesto) y acabo de terminar mi primer corto. Lo del tráiler lo mismo ha sido una precipitación, me da que no le voy a sacar partido. Va bien para las autopistas americanas, con rectas kilométricas, pero aquí en España con tanta curva no puedo meterlo por la mitad de las carreteras. Aún así, me lo he quedado para darme el gusto de vez en cuando y lo conduzco alrededor de la plaza de toros, sin pisarle. Y lo de actor…, bueno eso lo mismo os lo cuento más adelante.

Para ser honesto, por desconocimiento supongo, lo de escribir lo tenía sobreestimado y quizás por eso nunca me atreví a intentarlo hasta que se publicó *Manual de Inconsistencia.* Siempre he pensado que escritor era un trabajo que requería exclusividad, que demandaba tal esfuerzo intelectual e incluso físico, que no podías dedicarte a otra cosa porque te faltarían horas del día para plasmar tus pensamientos en el papel. Parte de la iluminación fue para sacarme de ese error. Porque discurrí que, con todo el trabajo que debe tener un presidente de Gobierno (a veces pienso, ¿cuándo dormirá esta criatura?), si te da para escribir un libro como *Manual de Subsistencia* entonces es que, aparte de tener talento, y el presidente lo tiene a espuertas, esto de escribir no puede llevar mucho tiempo. Las malas lenguas dicen que el libro se lo ha escrito un negro (dícese del escritor a sueldo al que no se le reconoce como autor original del texto. No confundir con persona de raza negra, aunque también hay escritores negros excepcionales; Morgan Freeman, por ejemplo). Pero no, no es el caso. Se nota a la legua que ese *Manual de Jurisprudencia* lo ha escrito él de puño y letra. Ese estilo sagaz, mordaz a veces pero sin herir, directo al grano, con las palabras justas, es único, indistinguible, brillante... eso solo lo puede hacer el presidente. Incluso en el título del libro acertó: *Manual de Penitencia* le dio ese toque de ambigüedad que ha tenido a medio país intrigado. Me acuerdo de que cuando estábamos con los bonsáis le pregunté sobre eso.

—Presidente —nos tuteamos desde el momento que nos dimos los nombres para la dedicatoria de los libros— con lo de *Manual de Penitencia,* ¿a qué penitencia te referías? ¿A la tuya, a la nuestra (la del resto de los españoles) o a la de todos?

Creo que la pregunta le pilló por sorpresa porque dio un respingo, se le fue la mano con la tijera de podar y se llevó por delante medio bonsái. Pero se repuso rápidamente y me dijo:

—A la mía Garbi, a la mía... Que me ha costado mucho llegar donde he llegado. Ha sido una penitencia.

Sinceramente, me quedó una pequeña sombra de duda, a punto estuve de preguntarle más en profundidad, pero me di cuenta de que le brillaban los ojos un poco y preferí dejarlo ahí. Otro rasgo distintivo de los escritores consagrados: sabemos equilibrar la curiosidad con la sagacidad. Para mí que la última Mahou lo mismo le vino larga. Normal, si es que no me descansa lo suficiente el chaval.

En el fondo es un gran tipo. Le pregunté también que qué les veía a los bonsáis, que a mí no me terminaban de convencer, que me parecían todos como brócolis. Me dijo que a él tampoco le gustaban, pero que era tradición en Moncloa cuidar los bonsáis que dejó atrás un antiguo presidente, que se mosqueó tela cuando lo desahuciaron. Lo hizo adrede para dejarle el marrón al que le quitó la casa (estos arbustos dan mucho trabajo) y ahora, se ha convertido en tradición pasárselos de un presidente a otro. ¡Qué corazón más grande!

[Por cierto chiqui, la casa la tiene monísima. Si me llama otra vez, le digo a ver si quedamos mejor los cuatro. Así te vienes y la ves, que seguro que nos da ideas para el chalet ahora que todavía lo estamos amueblando. Y luego nos vamos a ver el Rey León y a cenar donde el marido de la chica esta que sale todas las Navidades por la tele con trajes rarísimos. Seguro que quiso ser astronauta de pequeña.]

hice sin que nadie en casa aparentemente se diera cuenta, entre otras cosas porque los tres duermen como lirones caretos en invierno, alcanzan el grado de hibernación suprema. Pero una mañana, cuando me levanté temprano, como a diario, para escribir el siguiente capítulo del libro, mi chiqui apareció a los pocos minutos, se acercó a la mesa donde estaba con el portátil, me miro a los ojos y me preguntó:

—¿Hay otra, verdad? ¿Chateas con ella todas las mañanas?

Nunca vi tanta tristeza en los ojos de mi chiqui y se me encharcaron los míos de pensar que creía que había otra mujer en mi vida. Me levanté corriendo, la abracé y le dije mil veces que no, que no había otra. Me hubiera gustado que todo fuese una sorpresa y que solo supiera que había escrito un libro cuando le diera en mano el primer ejemplar facsímil de la primera edición. Pero sabía que si se lo ocultaba ahora, nunca estaría tranquila pensando que había otra persona. Así que, aún abrazado a ella, la llevé alrededor de la mesa para que viera la pantalla del ordenador y que comprobase, por ella misma, que estaba escribiendo mi primer libro. Cuando leyó lo que había escrito en la pantalla, se giró lentamente hacia mí, entorno esos ojos tristes y me dijo:

—¿Tú estás gilipollas? ¿En serio te estás levantando temprano para escribir un libro? ¿Eso era lo que hacías en el baño antes?¡Si lo único que has escrito en tu vida son los partes de arreglos de chapa! ¡Casi que me da más miedo que estés escribiendo un libro a que tengas una querida!

*[Ahí entendí porque se enfadaba tanto cuando me encerraba en el wáter. Creía que estaba escribiéndome con una amante. ¡Yo! ¡Qué la quiero con locura! ¡Tontorra!]*

He de reconocer que esa salida suya me descolocó un poco, que no es de palabrotas mi chiqui. Y quizás también me dolió ver su falta de confianza en mis dotes literarias, la cual no podía recriminarle porque, como ella manifestó, nunca había dado muestra de tener talento para la narrativa. Me tranquilizó mucho verla retornar a la cama a hibernar de nuevo y me prometí a mí mismo que le demostraría que era capaz de escribir un libro inmortal, que ella se sentiría orgullosa de su marido y nuestros hijos se sentirían orgullosos de su padre. Con esa renovada fuerza, fruto de la sospecha infundada de mi chiqui, volví a mi escritura, con más ahínco aún si cabe.

*[Por cierto, que mi chiqui y yo hemos hablado antes varias veces, de hecho, sobre la posibilidad de que otras personas se cruzasen en nuestras vidas. Eso es algo que no se puede evitar. Yo me podía enamorar de la chapista culturista con la que trabajo o mi chiqui (enfermera) podía enamorarse del enfermero nuevo ese que acaba de entrar y que es alto,*

*rubio, guapo, hace surf, tiene un BMW y casa en la playa (¡mecagoentosusmulasyalepodíadarunyuyuyquedarselelodeltó!). Y siempre dijimos que, de ocurrir algo así, ante todo teníamos que seguir manteniendo el respeto el uno por el otro y velar a toda costa por el bienestar de nuestros hijos en circunstancias tan difíciles. Y lo más importante de todo, intentar ponernos los cuernos en horario de tarde para llegar a tiempo a casa y echar una mano con la cena y los deberes de los niños.]*

Con la tranquilidad ya de que mi chiqui no se iba a preocupar más por mis madrugones —siguió hibernando como si no hubiera un mañana—, yo me sentí más libre para seguir dando forma a esa Obra Inmortal que estaba gestando. Mañana a mañana se iban acumulando las páginas. Tan abducido estaba por ese torrente de palabras que surgían de mi intelecto y que mis manos se encargaban de plasmar tecleando en el portátil, que incluso hablé con mis hijos para cederles mi turno de la Play4 y, así, tener más tiempo los fines de semana para seguir avanzando con el libro. No te puedes ni hacer una idea de lo contentos que se pusieron los dos. Nunca me habían dado tantos besos, nunca… Se conforman con tan poca cosa los pobres… Me hicieron sentir el padre más querido del universo. Es que tengo unos hijos que no los cambiaría por nada del mundo. ¡Qué os quiero, ratones! Saben siempre darme en el lado más blandito del corazón.

Y así…, a golpe de madrugones y de dejar de trotar por el mundo con Lara Croft (que gran juego el Tomb Raider, que gran invento la Play, solo parejo quizás al de la cerveza) terminé mi libro, mi primer libro. Quizás incluso, mi único libro. Sí, mi único libro. Porque si ese libro era ya mejor que el *Manual de Impaciencia* del presidente, ¿iba a ser capaz de mejorarme a mí mismo y escribir un segundo libro mejor aún que el primero? Sinceramente, no lo sé. Quizás, si el presidente escribiera un segundo libro, yo me atrevería a intentarlo también, dando pie a una rivalidad sana y respetuosa, que para algo somos ya compañeros de trabajo en este arduo, pero estimulante, mundo de la Literatura Contemporánea (y que, con el paso del tiempo, estoy seguro nuestras obras pasarán a formar parte de los clásicos universales y se enseñarán en las guarderías, colegios, institutos, universidades y locales de masaje de todo el mundo).

[Queridos Lectores:

Imagino que estáis que no podéis aguantar más y que os mata la curiosidad de saber de qué trata mi primer libro, posiblemente mi único libro. No os voy a desvelar nada aquí, ni una mísera pista. Solo os diré que nunca os arrepentiréis de haber confiado en mí.

Como dijo en su momento Mayra Comes Bien, la famosa presentadora del programa de televisión ¡Un, Dos, Tres, Rechoncha Otra Vez!

Y hasta ahí puedo leer...]

# CAPÍTULO 3
## La perspicacia de un erizo

Cuando tuve verdadera conciencia de que mi libro batía en todos los frentes al *Manual de Equivalencia* del presidente y que, por tanto, daría un cambio de ciento ochenta grados a mi vida y la de mi familia (la familia es lo primero [*simbolito de corazón con las manos*]), empecé a documentarme sobre cómo abordar la publicación de un *bestseller* mundial, convencido ya de que me iba a hacer rico.

Obviamente tiré de la *Enciclopedia Británica* actual: Internet. Y reconozco que me sentí abrumado. Por un lado, porque la cantidad de información disponible es muy extensa. Yo recomendaría a Google que para cualquier consulta solo diera los diez mejores vínculos; como la selección de coplas que te hace Spotify cada vez que buscas un grupo musical. Pero, por otro lado, porque la impresión que me dio en una rápida pasada a vista de pájaro (agapornis en concreto, se la di estando mi chiqui y yo acurrucados en el sofá, ella viendo Netflix, yo con el portátil) es la de ser un mundo tremendamente complicado para un profano, por más que tuviera claro que iba a entrar por la puerta grande en el Olimpo de la Literatura. Encontré diversas alternativas que os comento.

## OPCIÓN 1: GRANDES GRUPOS EDITORIALES

La opción tradicional de firmar un contrato con una editorial consagrada no me convencía del todo. Primero, porque me quedé de piedra cuando leí que el autor solo se lleva, en el mejor de los casos, ¡el diez por ciento de las ventas! Negativo. Incompatible con hacerte rico y famoso rapidito, que era lo que más me tiraba. Segundo, porque no me terminaba de convencer la orientación temática de publicaciones recientes de editoriales consagradas. Te pongo ejemplos: *Pocoyo, Asesino en Serie; Dedales del Mundo; Mil Formas Distintas de Hacer Distintas Formas; Introducción al Pensamiento Eosinófilo; Respira que si no Expiras; Construye tu Propio Rascacielos; El Beso Negro: Historia Ilustrada del Chapapote; ¿Mamá, me he cagao? (Manual de Puericultura,* no confundir con el del presidente)*; El Kamasutra Andaluz* (bueno, este lo mismo sí que puede estar bien ¿verdad chiqui?).

Pero lo que claramente me autoconvenció de que mi libro no encajaba en una gran editorial fue el saber que normalmente te fuerzan a publicar en otros idiomas. Y yo sabía que mi libro, tal y como lo tenía concebido, no iba a ser fácil de traducir a ningún idioma. Como mis hijos no tienen todavía el B1 ni de chino ni de croata, pues intenté hacer la prueba con el inglés, que algo recuerdo aún de cuando iba a parvulitos. Y la prueba fue definitiva. No hay forma humana de poder traducir mi libro al inglés sin que pierda su frescura, sutileza, ese puntito de ironía sin malicia, sus matices…, en conclusión: su esencia. Os pongo ejemplos, tanto de expresiones cortas y concretas, como de expresiones más elaboradas y complejas.

Empecé por ver como traduciría al inglés la palabra que da sentido a mi vida.

*CHIQUI*

La más obvia sería *SMALLY* (del inglés *small = pequeño*), que suena horroroso. Pero, aunque uno asumiese que podría servir, el problema es que es una palabra polisémica (del griego *polisemia*, muchos colores) en función de lo sucio de mente que uno sea. Así, se podría interpretar que en vez de referirme a mi mujer, me estuviera refiriendo a alguna parte escondida de mi cuerpo, lo cual no se ajusta a la realidad ¿VERDAD CHIQUI?

[Nota informativa, deferencia de mi chiqui:

A este respecto comenta que, haciendo un paralelismo con los productos del Decathlon, en el aspecto visual y tallaje entra dentro de la categoría estándar-modesto (talla S-M, la e de estándar se quita en inglés), aunque con una gama muy *limitada, y por tanto mejorable, de colores. Sin embargo, en Performance (desempeño, en español) gana mucho, no tanto por el aumento de talla que sube solo a M-M, sino porque la calidad, textura y resistencia de sus materiales unido a la alta durabilidad en condiciones extremas de temperatura y humedad, hacen de su disfrute una experiencia sin igual.]*

Otras opciones son igualmente poco razonables. Por ejemplo, el clásico *MY DEAR* (*Mi Querida*) no transmite ese sentimiento de amor y pasión que transmite *Mi Chiqui*. Aparte que me imagino que Charles se lo dice a Camila y me salen ronchas (que ganó con el cambio el lumbreras…). Como el inglés no tiene un diminutivo como el nuestro (es un idioma muy limitado en el tiempo y en el espacio), si lo intentas adecuar un poco más con el posible diminutivo *MY LITTLE DEAR* (*Mi Pequeña Querida*), suena a que te has echado una amante acondroplásica, que no hay ningún problema por supuesto, solo que mi chiqui es incluso un poquito más alta que yo, un mujerón ya os digo, y no reflejaría fehacientemente lo que *Mi Chiqui* significa para mí.

Finalmente, opciones más edulcoradas tampoco funcionan. *SWEETY* (del inglés *sweet* = *dulce*, [pronunciación *suiti*]) o *HONEY* (del inglés *honey* = *miel* [pronunciación *jani*]) ni de coña. Simplemente prueba. ¡Que te quiero mi miel! ¿Voy poniendo el mantel, dulce mía? Eso no puede ser.

Más difícil se nos hace, si cabe, cuando hablamos de temas que solo los españoles (y no todos) entienden.

*PASE A PORTAGAYOLA*

[Véase más adelante y así le pico un poquito la curiosidad querido lector. O si no, búsquese la definición en Internet]

La traducción literal sería algo así:

*PLEASE COME IN AT GAYOLADOOR*

Pero seguro que el inglés que lo lea se lo toma como una invitación formal a visitar Marina D´or, Ciudad de Vacaciones, desvirtuando por tanto el mensaje.

Pese a que el inglés, como os decía, es un idioma muy monótono, careciendo de la gama de matices que caracteriza el nuestro, podíamos intentar enriquecerlo y acercarlo a su verdadero significado tauromáquico. Quedaría más o menos de esta forma:

*PLEASE COME IN, CAREFULLY WALK TO THE CENTER OF THE ARENA LOOKING AT THE PUBLIC, PUT ON YOUR KNEES, LOOK FIRMLY TO THE BULL´S EYES, AND IF YOUR BALLS ARE BIG ENOUGH, TRY TO KEEP CALM AS THE BULL RUNS DIRECTLY TOWARDS YOU WHILE*

*AIMING TO MAKE A CIRCLE WITH THE RED CARPET WHEN THE BULL PASSES OVER YOU.*

Esta frase, ciertamente más elaborada, quizás podría transmitirle al lector inglés la idea subyacente de forma algo más aproximada que la anterior —independientemente de que piense que los españoles estamos todos como una puta cabra—. Pero tampoco me convence.

Y aún más imposible de equiparar entre ambos idiomas es cuando estás enfatizando algo. Por ejemplo, como lo que pensé cuando mi niño chico se pidió para Reyes la Play5 Slim…

*¡Y UN MOJÓN PA TI, CRIATURA!*

La traducción literal sería:

*AND ONE SHIT FOR YOU, CREATURE!*

Que ciertamente transmite menos que una lamprea en celo y pierde ese tono de reproche paternal, cariñoso y encubierto. Si de nuevo intentas españolizar un poco la frase para darle algo de brío, podríamos hacerlo un pelín más elaborado:

*AND A COMPACT CILINDRIC BY-PRODUCT OF YOUR METABOLISM EMANATING FROM YOUR LOWER DARK OPENING, CREATURE!*

Pero seguiría faltando esa chispa, esa capacidad de promover sentimientos encontrados entre un padre y un hijo, que transmite la misma frase en nuestro rico lenguaje Gongoriano.

Y todo esto, considerando el inglés como idioma de referencia, que no acierto a imaginarme como sería traducir mi Obra Cumbre al azerbaiyano, al serbocroata, o al chino mandarín (el dialecto más extendido en el país de los pigmeos).

Definitivamente, una editorial tipo multinacional no era para mi libro, por mucho que se lo mereciese. Ni para mí, por mucho que me lo mereciese.

## OPCIÓN 2: AUTOEDICIÓN

Si nos vamos al otro extremo de las posibilidades editoriales está la autoedición. A mí a priori me parecía muy interesante. Empecé a investigar cómo hacerlo. Miré blogs y páginas web de autores autoeditados consagrados, pero todos lo ponían tan, tan bonito que no hacía más que pensar que algo se me escapaba. Me entró el cague cuando leí que uno de esos autores autoeditados, superfamoso, comentaba que su mejor estrategia para hacerse rico fue poner su primer libro gratis en AMAZON y que, a partir de ahí, los siguientes libros (que ya cobraba) empezaron a venderse como rosquillas.

Pero vamos a ver..., ¿entonces para hacerse rico hay que escribir más de un libro? ¡Si yo solo tengo tema para uno! Eso sí, ese libro pasará a la historia como el

*Quijote Contemporáneo*; el *Romeo y Julieta del Siglo XXI*; el *Cien Años de Soledad Verdadera*, porque la gente ya no querrá salir más a la calle, ni hablar con nadie, ni comer ni beber. Después de leer mi libro, solo querrán leerlo una y otra vez; el verdadero *Manual de Condolencia,* porque quién no lo lea estará muerto en vida.

Había otros autores que sí que vendían su libro a uno, dos o incluso cinco euros para empezar… eso ya me gustó un poco más, pero aún así no terminaba de ver que de esa forma me fuera a hacer rico tan deprisa, uno de mis dos deseos al escribir mi libro. El otro era pasar a la posteridad. Y ambos quería conseguirlos rapidito (ahora puedo decir que se está cumpliendo).

Otro autor aconsejaba buscarse un buen corrector de estilo y de ortografía, porque los lectores, y eso me parece fantástico, son muy exigentes y si te autoeditabas sin haber hecho un cuidadoso trabajo de corrección, perdías todas tus opciones. Yo, lo único que sabía corregir eran los bollos de los coches que nos entraban en el taller (que nunca faltan, parece como si la gente fuera leyendo algo en el coche). Así que, tampoco me veía yo buscando correctores de estilo por mi cuenta. Mi chiqui tiene mucho estilo, quizás podía haberme ayudado con las correcciones de estilo, valga la redundancia, pero como pensaba que esto de escribir un libro no iba a ningún lado (que equivocada estabas cariño), no podía contar con ella para las correcciones.

¡Qué va! No me terminaba de convencer para nada esto de la autoedición. Para nada. Y el caso es que empecé a impacientarme, veía que no publicaba mi libro. Ni editoriales multinacionales, ni autoedición… uhm… no sonaba bien, nada bien. Pero, entonces, ¡vino la solución!

## OPCIÓN 3: EDITORIALES INDEPENDIENTES

Y la solución vino gracias a nuestro erizo, que lo quiero como si fuera mi tercer hijo. Es entrañable y, dependiendo del momento, incluso lo quiero más que a mis hijos no erizos, que a veces son de ariscos… Por ejemplo, cuando les dices que dejen el maldito móvil de una vez, que lleva la comida en la mesa diez minutos, que se enfría el filete de osobuco. Te sueltan siete veces seguidas «¡Que ya voy papá, que ya voy!». Y nunca vienen. ¡Que me jode eso, oye!

Me cago en el que inventó el Fornait, que además el lumbreras se ha hecho rico también. Y sí, ¿qué pasa?, ahora que estoy en la lista Borges de las Personas más ricas del mundo (la instauró el inventor de los frutos secos), me peleo por subir puestos y me joroba que haya quién me gane. ¡Porque ya os aviso que voy directo al número 1, me pienso llevar la nuez de platino y brillantes, que lo sepáis!

*[Inciso informativo para explicar lo del erizo:*

*La adopción de mi tercer hijo es una historia curiosa.*

Mira que, al principio, fui muy reticente cuando los niños me dijeron que querían una mascota. Me eché a temblar porque eso requiere un compromiso que ellos solo tienen con el móvil y las maquinitas. Ya veía venir que, al final, el bicho que eligiéramos me lo comía yo con papas. Y además, hay algunos animales que no estaba dispuesto, bajo ningún concepto, a tener en casa. Soy muy especialito para ese tema, sin saber exactamente la razón. Algo me tuvo que pasar de chiquito y mis padres me lo ocultaron pensando que no me quedarían secuelas.

El caso es que los bichos clásicos me dan repelús. Los perros huelen mal, sobre todo cuando se mojan (¡aaaagggg!) y solo de pensar que me lamen la cara vomito, ¡que ASCO me da eso, de verdad! No puedo ver perros lamiendo a nadie, ni siquiera en las pelis o los anuncios de pañales. Perros no. Gatos tampoco. Es verlos y no me fio de ellos para nada. Es como que me miran fijamente y empiezan a pensar «Te voy a arañar, te voy a arañar». Además, tanto perros como gatos sueltan pelo. No quiero tener más seres vivos en casa que suelten pelo, bastante tengo con....

(¡Vale, vale chiqui. Quito esto, tranquila. En las pruebas de imprenta lo quito, prometido!).

Pero lo de siempre..., como a los críos se les meta entre ceja y ceja que quieren algo, al final, con tal de no aguantar la matraca, cedes. Y yo, que soy bueno por naturaleza (recuérdese que lo de cordobés y hombre de bien puede ser), pues cedí al poco tiempo de que lo propusieron. Para mí que se conchabaron para desarmarme. Mi chiqui siempre dice que tengo que endurecer el espíritu, pero nunca me dice como hacerlo. Es críptica a veces. Pero bien clarito que me dejó que ella pasaba siete pueblos de estar pendiente del bicho. Ella sí que es durita de espíritu cuando quiere. El caso es que me senté con mis hijos (aquí mi señora delegó en mí) y les dije:

—Niños, que una mascota no es un juego. Que hay que tenerla aseada, hay que sacarla a la calle para que se airee como los jamones. Que dependiendo del tipo de bicho hay que hacerlo varias veces, porque como mamá, papá y vosotros, las mascotas también tienen culo y cagan lo más grande. Y hay que estar pendientes de que no dejen el truño por la casa, por el ascensor, en el felpudo del vecino (un agrio el tío, me da miedo, tiene todas las papeletas para ser asesino en serie, se merece dejarle el truño) o en la calle.

Nos tiramos dos días discutiendo qué bicho adoptar. Agapornis: descartados, ya había dos en casa (yo también te quiero chiqui). Perros y gatos: descartados, sueltan pelo. Reptiles: descartados, le dan mucho miedo a mi señora. Lampreas o anguilas: descartados, parecen serpientes, por tanto para mi chiqui contabilizan como reptiles. Yo voté por el camaleón, porque de siempre he querido cambiar de color y sobre todo mover los ojos complemente hacia atrás (lo he intentado varias veces, pero me mareo una barbaridad). Aquí mis hijos se cerraron en banda, dijeron que no, que el camaleón no se mueve apenas y no da juego.

Al final, el que estudia croata nos dio la idea. Cuando

se le descarga el móvil o se lo funden setenta veces seguidas en el Fornait, le viene la vena cultural y se pone a buscar en internet cómo se dicen distintas palabras en otros idiomas. Y vete a saber qué estaría buscando el otro día que le salió igelkott, que es erizo en sueco (gran país Suecia). Y empezó que si erizo, que si erizo, hasta que nos aburrió a su hermano y a mí, y cedimos con el erizo. Así que de cabeza esa tarde al eKiwoko Mundo Animal a comprar el erizo.

Pues mira, en cuanto lo tuve en brazos, recién nacido, con las púas aún blanditas que no pinchaban, me enamoré de él y supe que no me importaría volver a cuidar a un tercer hijo. De hecho, da mucho menos ruido que mis otros dos hijos sin púas, ¡que te quiero a ti también ya erizo! Termino diciendo que el día a día es muy llevadero con el erizo, al que cariñosamente llamamos Igelkott por sus orígenes escandinavos.]

Bueno, retomo por donde iba, que me disperso ¿verdad? ¡ERROR! Se llama estilo literario y os parece raro porque es innovador y único, es mi marchamo de identidad en mi devenir por el estimulante mundo de la literatura universal. Vale... continúo.

Pues eso, resulta que un día iba paseando por el centro de Córdoba con mi Igelkott, pensando en cómo me las iba a ingeniar para publicar mi libro. La gente se nos quedaba mirando y nos saludaba.

—¿Qué, de paseo con la mascota, no? —preguntaban. Y él ponía las puitas así, como de punta, para hacerse el interesante ¡Me lo como! Y seguía andando a su pasito cortito y contoneante.

Y justo cuando pasamos por el Simago (un gran almacén, un clásico en Córdoba), en el escaparate siguiente Igelkott de pronto se paró. Lo primero que pensé es que había vuelto a pisar un truño de perro, particularmente abundantes en Córdoba, conjunción sin igual del compromiso ciudadano e institucional con nuestra imagen al exterior. El pobre, como es chiquito, cada vez que pasa por un truño se queda pegado y entonces lo tengo que meter en una bolsa, llevármelo a casa y darle un hervor con mistol. Pero no parecía que esta vez hubiera truño alguno.

Ahí me quede intrigado. Porque por más que tiraba de la cuerdecita rosa fluorescente, que uso siempre en los paseos para animarle a seguir andando, ¡nada!, empecinado, no se le movía ni una púa, no había forma de hacerlo volver a andar. En la desesperación del momento, miré hacia el cielo pensando que el erizo empezaba a adquirir los malos hábitos, en cuanto a tozudez, de mis dos hijos humanos cuando, al bajar la mirada, vi el siguiente rótulo en el local al lado del Simago.

EDITORIAL INDEPENDIENTE<br>ALMADECÁNTARO

Me atravesó un rayo de oreja a oreja, pero de iluminación divina. En ese momento comprendí que Igelkott estaba dotado de ese don sobrenatural, que solo tiene otra persona en el mundo (¡esa chiqui mía, grande!), de ser capaz de leerme el pensamiento y dar soluciones a mis momentos de angustia e inquietud. Igelkott había encontrado el remedio a mis males. Me había encontrado editorial... No pude reprimirme, lo cogí y me lo comí a besos, sobre todo por la parte de la panza, que es donde no tiene púas.

En ese momento, y en base a una conclusión puramente experimental, me di cuenta de que Igelkott se había parado, no solo para darme la solución a mis cuitas literarias, sino también porque, efectivamente, había pisado un truño de tamaño mediano que había quedado oculto por su cuerpo. Ya no había marcha atrás. Disfrutamos con frenesí ese momento único, felices de haber encontrado la puerta que nos llevaría a compartir trono con las mayores glorias de la literatura universal.

Y mirándonos fijamente a los ojos, Igelkott y yo dimos el paso adelante, abrimos la puerta de la Editorial AlmadeCántaro y entramos a lo que a la postre sería la antesala de la fama y riqueza familiar. Justo al entrar, nos encontramos a la que sería mi editora, Matilda, una mujer alta, joven, con el pelo como Igelkott, de punta. Cuando cruzamos la puerta los dos, Matilda puso una cara que recuerdo estaba a medio camino entre la sorpresa, incredulidad y asquito. En aquel momento pensé que no le gustaban los animales. Pero luego, de vuelta en casa, cuando me vi reflejado en el espejo del pasillo, comprendí que su expresión era debida a que, al entrar en la editorial, no reparé en que me había estado besuqueando con Igelkott. Y que él previamente se había llevado un regalito de la calle en la panza, regalito que habíamos compartido de forma altruista a partes iguales al comérmelo a besos.

> *[Tiempo después, ya encumbrado en la cúspide de la fama, Matilda y yo comentamos ese momento. Ella me dijo que al verme entrar de esa guisa, que parecía que me había morreado con un saco de estiércol, se quedó paralizada y no fue capaz de echarme de su negocio. Y que menos mal que tuvo esa parálisis momentánea porque eso me permitió abordarla nada más entrar para proponerle el que, a la postre, fue el negocio de su/nuestras vidas.]*

Dado que Matilda se había quedado como traspuesta, directamente la interpelé sin darle tiempo siquiera a preguntarme lo que quería. Le dije que había escrito un libro único, excepcional y que quería publicarlo con ella. Le expliqué que Igelkott no se podía haber equivocado (ni el perrazo que dejó el regalito en la puerta tampoco). Tuve que aclararle quién era Igelkott y profundizar en glosarle las dotes de clarividencia que tenía mi hijoerizo. Por la cambiante expresión de su cara, que alternaba entre el escepticismo y el pánico creciente, veía que no estaba convenciéndola de publicar mi libro en su editorial. Sin embargo, todo cambió cuando le dije que había escrito un libro que batía, en todos los frentes, al afamado *Manual de Incontinencia* del presidente. En ese momento, su rostro se suavizó y pasó a esbozar una sonrisa enigmática, a medio camino entre la de la Gioconda y la de la presidenta de la Comunidad de Madrid. Imagino que salvando ese sentimiento encontrado que le provocaba el inusual maquillaje que pocos minutos antes me había aplicado, me preguntó:

—¿Un libro mejor que el *Manual de Omnipresencia* del presidente?¿Estás hablando en serio?

Cuando asentí, me miró a los ojos, justo por encima del maquillaje, y me dijo:

—¡Tráemelo, quiero leerlo!

Volví a casa corriendo, con Igelkott debajo del brazo (¡Qué pinchaba el joío! Normal, con los nervios que teníamos los dos) y entré como un torbellino. Puse agua a hervir, le eché mistol y zambullí a Igelkott un par de minutos, mientras yo me quitaba, con el mismo agua, la parte equitativa del maquillaje que habíamos compartido. En cuanto nos secamos, todo coloraditos y algo despellejados, fui a por el manuscrito que tenía debajo del colchón, lo metí en la mochila de uno de mis hijos y, dándole un beso fuerte, fuerte a Igelkott (ya limpio), lo dejé en su camita mientras yo volaba de vuelta a AlmadeCántaro. Cuando entré de nuevo en la editorial, Matilda estaba andando arriba y abajo delante del mostrador. Me quitó el manuscrito de las manos.

—Vuelve mañana y te digo qué he decidido.

Yo le respondí que era imposible que se leyera las 3450 páginas del manuscrito en un solo día. Pero ella, que tenía más tablas que Moisés, me respondió:

—Si es verdad lo que dices y tu libro es mejor que el *Manual de Displicencia* del presidente, para mañana me lo he leído. Ven mañana a primera hora.

Nunca en mi vida me había pasado una noche en blanco, sin dormir. Ni siquiera cuando me presenté a las Oposiciones Nacionales para Chapista de Automoción (que saqué a la primera). No pude pegar ojo en toda la noche, apenas si podía respirar de la inquietud y miedo que le tenía al día siguiente. Jamás pude imaginar lo larga que es una noche hasta que, con unas ojeras enormes, me levanté y llamé al trabajo para decir que me encontraba mal. Era la primera vez que faltaba al trabajo en mi vida y la primera también que mentía a la empresa porque, aunque estaba desecho de los nervios y no había dormido nada, lo cierto era que faltaba para ir a la editorial. Me duché, aprovechando para quitarme los últimos restos del maquillaje que me quedaban, y me encaminé a AlmadeCántaro, con mucho tiempo de antelación sobre el horario de invierno, que era el que imperaba en esas fechas.

A las nueve y media de la mañana, puntual, llegó Matilda. Una chispa surgió entre nosotros cuando nos dimos cuenta de que ambos teníamos ojeras como torrijas. Eso significaba algo. Nos miramos, yo asustado y ella feliz. Lo vi en su cara. ¡Feliz! Entramos en la editorial y, allí mismo en el rellano, me dio un largo abrazo, se separó de mí manteniendo sus brazos sobre mis hombros y dijo:

—Garbi. Si quieres, estaré encantada de ser tu agente. Tu libro es fantástico y haré todo lo posible para que llegue donde merece: a que lo lea todo el mundo y que se reconozca tu talento sin igual.

¡No podía creerlo, no podía creerlo! ¡Mi sueño se acaba de convertir en realidad! Iba a publicar mi primer libro. Me abracé de nuevo a Matilda, llorando como nunca había llorado en la vida, ni siquiera cuando los Reyes Magos me echaron mi primer Madelman (modelo Esquimal, todo un acierto de los Reyes viviendo como vivo en Córdoba. Para mí que se fumaron la mirra antes de llevarla al portal. Normal, no están acostumbrados a salir por la noche y, cuando lo hacen, se vienen arriba).

—Vamos a hacer una primera edición de diez ejemplares para ver cómo responde el público —me dijo Matilda—. Y no te voy a cobrar nada por esta primera edición. Si todo sale como sé que va a salir y como mereces, tú mismo serás quien decida lo que debes pagarme.

Esa muestra de confianza exacerbada me emocionó hasta el tuétano. Volví a abrazarla, tan fuerte tan fuerte que el color negro de su pelo viró al verde, a la vez que el de su cara, inicialmente rosa pálido, viró al rojo por la falta de oxígeno. Y ese casi homicidio por imprudencia, con atenuante de alegría transitoria, marcaría para siempre el inicio de mi carrera literaria y la amistad, de por vida, con mi nueva agente literaria: Matilda Carajaula.

# CAPÍTULO 4

## Nunca olvides de dónde vienes

Esa primera edición, que salió a la luz con mi nombre real, se agotó nada más salir. Ahora es un incunable. Y, además, no le saqué nada de beneficio porque regalé todos los ejemplares. Uno lo guardé para el presidente y se lo envié a Moncloa poco después de la publicación. Pero el tío, en un alarde de cercanía al pueblo que lo encumbró, me invitó a ir en persona, cuando ya me había convertido en todo un fenómeno editorial. Otro libro para mi chiqui, poco orgullosa se puso, ¡que te quiero monstrua! Dos para mis padres y dos para mis hermanos, otros dos para mis suegros y otro ejemplar más para mi cuñada.

Mi chiqui tiene solo una hermana. Pensaba regalarle otro ejemplar al novio de mi cuñada pero, como es ciego de nacimiento, a él le regalé uno que tenía en casa, *Mujercitas*, para no descuadrar la tirada. La verdad que no se dio ni cuenta. Lo de su ceguera es intrigante. Algo serio le pasó al entrar en la pubertad y perdió la vista. No se sabe bien la causa y él no suelta prenda, por más que le preguntamos. Y la copia que quedaba se la regalé Matilda.

Luego pensé que lo mismo podíamos haber estirado la primera tirada hasta la docena, así le podía dar una copia también a mis dos críos. Pero como leen menos que mi concuñao, pues nada, diez ejemplares para empezar estuvo perfecto. Igualmente mis hijos iban a apreciar más que les regalase el FIFA25.

En cuanto Matilda supo que la primera edición voló (nunca llegué a decirle que formalmente no se había vendido), me llamó superexcitadísima y me propuso hacer una segunda edición de cien ejemplares. No hacía más que repetir todo el rato que ella sabía que ese libro iba para el Pulitzer. Para mí, que esa mañana se equivocó de pastilla y se tomó los anabolizantes de su novia.

*[Inciso informativo para explicar lo de los anabolizantes.*

*La novia de Matilda es originariamente vascuence, de Vigo capital, pero vive en Bilbao. Se llama Anduriña. De pequeña vio la película Flash Dance y, le flipó tanto, que tomó la determinación de ser bailarina. Lo que pasa es que, con buen criterio ya para tan tierna edad, se dio cuenta que al ser de complexión fortota, pues lo mismo de bailarina no iba a poder trabajar. Pero como se había quedado tan pillada con Flash Dance, se hizo soldadora profesional en los Altos*

Hornos de Vizcaya. Y como ahora de mayor está petá, petá, en su tiempo libre, y de forma amateur, levanta piedras redondas en un club de levantadoras de piedras redondas cerca de Getxo. Y toma anabolizantes para mantener la masa muscular. De hecho, se está preparando para las olimpiadas porque parece que lo van a hacer deporte olímpico en breve, sustituyendo al curling que no ha tenido mucho éxito (no veo yo a mi hijo levantando peso, habrá que buscar otra alternativa a sus extraescolares deportivas). Como Matilda y su chica se ven todos los fines de semana, una vez en Córdoba y otra en Bilbao, pues cada una tiene sus pastillas en ambas casas: anabolizantes la una, vitaminas la otra. Por eso decía que Matilda se equivocó esa mañana, se tomó las de su novia y se había venido arriba.]

Volviendo a lo que os iba contando de mi editora. Intenté poner un poco de sensatez a su alocada propuesta de hacer la segunda edición de cien ejemplares y le propuse dejarlo en cincuenta, para no ir tan rápido, pero ni caso. No dio su brazo a torcer, decía que lo íbamos a petar, y ahí tengo que darle la razón (¡qué visionaria!), porque de hecho así fue. A mí, toda esta vorágine me empezaba a asustar y le dije que quizás era mejor usar un pseudónimo en lugar de mi nombre real, para salvaguardar a mi familia de posibles secuestros y extorsiones una vez estuviera en la cumbre. A Matilda no le pareció mala idea, pero me recordó que la primera edición con los primeros diez ejemplares ya se habían vendido con mi nombre real. Viendo que todo se precipitaba y, sobre todo, por la seguridad de mi familia, decidí arrancarles las pastas a los diez primeros libros para no dejar ningún rastro y, así, los miles de millones de libros siguientes ya irían con mi pseudónimo.

Lo de la elección del pseudónimo no fue nada fácil y lo conseguí también gracias a Igelkott. ¡Qué quiero yo a mi erizo! No tenía ni idea que pseudónimo ponerme y Matilda me aconsejó que hiciera la elección de forma tranquila y sosegada, porque un buen pseudónimo ayudaría mucho a aumentar las ventas y a que los lectores recordasen tanto el título del libro como el nombre de su autor. Estuve varios días dándole vueltas a posibles pseudónimos, pero no me terminaba de convencer ninguno. Un día, al volver del trabajo, me encontré a Igelkott navegando por Internet.

*[Desde muy chiquito nos dimos cuenta que le gustaba mucho el ordenador así que, cuando tenemos que salir y se queda solo en casa, muchas veces le dejamos el portátil encendido en el suelo, al lado de su camita, y él con su hociquito va de una página a otra. Una vez lo pillamos en una página que no nos gustó nada: www.erizaspicantes.com y tuvimos una charla seria con él. Le hicimos ver que era muy pequeño aún para visitar ese tipo de páginas y que, como lo volviera a hacer, le íbamos a poner un control*

*parental. Que nosotros sepamos ya no ha vuelto a visitar páginas no adecuadas a su edad.]*

Pues ese día, a la vuelta del trabajo, Igelkott estaba navegando por una página cuyo contenido era sobre los nombres y apellidos en España y, en concreto, estaba en la página de los más infrecuentes en nuestro país. ¡Qué ratón este erizo! ¡Me estaba ayudando a encontrar el pseudónimo ideal! Me subí a Igelkott en el regazo, puse el portátil en la mesa y busqué el nombre y el apellido más raro en España. ¡Y listo! Garbi Zuzunaga. ¡No me digáis que no es la leche de pseudónimo! Porque no habréis pensado ni por un segundo que un tío que ha nacido en la Plaza de la Corredera de Córdoba puede tener ese nombre ¿o capaz que sí que lo habéis pensado? Que cándidos…

Los cien ejemplares de la segunda edición, ya con el pseudónimo de Garbi Zuzunaga, volaron en los siguientes dieciocho meses. Hasta hubo un día que se vendieron tres del tirón, todos en Barcelona, el día de Sant Jordi, Patrón de las Letras Navarras. El caso es que la cosa se nos iba de las manos y ahí, mi chiqui y yo decidimos que teníamos que sentarnos tranquilamente y ver como gestionábamos todo aquello que se nos venía encima.

Una cosa teníamos muy clara los dos. No íbamos a olvidar nuestros orígenes humildes nunca. Y seguimos luchando día a día para que así sea. Mis padres son los dos maestros y siempre me han inculcado el mérito del esfuerzo y de lo que cuestan las cosas en la vida. Igual mis suegros, que trabajan los dos regentando un pequeño chiringuito en la Playa de la Misericordia en Málaga (que me gusta Málaga... pienso jubilarme allí, al ladito del mar). Ellos también le han inculcado a mi chiqui y a su hermana la importancia del trabajo duro, constante, y no dar nunca nada por asegurado. Ni siquiera cuando viene un año bueno de sardinas y te hinchas a vender espetos. He tenido una suerte con mis suegros que ni te digo, encantadores los dos (y encima mi suegra cocina que te cagas).

Bueno, pues lo primero que teníamos que ver era cómo explicar las consecuencias del éxito editorial a los niños. Porque ya teníamos la experiencia previa de que no eran capaces todavía de calibrar bien lo que cuesta conseguir las cosas que tenemos y no queríamos que, al entrar el dinero a raudales en casa por los derechos de autor (yo también los declaro a Hacienda), pensasen que podían tener de todo.

Nos pasó algo parecido cuando le dijimos a los enanos que los Reyes Magos eran los padres. Se lo dijimos a la vez porque ambos se llevan poco menos de un año. Es que vinieron muy de seguido... las calenturas de los inicios (¿te acuerdas chiqui?). Pues nada, una vez superada la primera y comprensible decepción por su parte, al saber la realidad de los Reyes Magos, pensábamos que lo entenderían y serían más comedidos a la hora de hacer su carta a los Reyes en Navidad. Cuando creían en ellos es normal que pidiesen lo más grande. Es lo más bonito del mundo pensar que puedes pedir todo lo que te salga de las pelotas porque es gratis, es pura magia. Pero ¡niños! Si ya os hemos dicho que los Reyes Magos somos mamá y papá ¿no podéis mostrar un poquito de madurez, conmiseración y raciocinio y ser más comedidos a la hora de escribir la carta, copón?

Perdonad las palabrotas. Es que viniendo de dónde vengo, de extracción humilde (suena como abducción marciana en el extrarradio), que mis niños se comporten así me joroba tela. Pues nada, lees la carta que escribieron el año que ya sabían que los Reyes Magos éramos nosotros (cada uno escribe la suya) y lo flipas. Ahora, eso sí, los Reyes ese año los pusieron bien en su sitio y aprendieron que hay que pedir con cabeza.

El mayor va y me pide una camiseta del Real Madrid firmada por toda la plantilla. Le cayó una del Córdoba, sin firmar, que al estar en Tercera División van baratas; el pequeño me pide la Play5 Slim. Y un mojón pa ti, criatura. Un monitor 4K y listo, lo enchufas al ordenador que va como un tiro. El primero pide una docena Funkos, los muñecos cabezones esos. ¿Tú sabes lo que cuestan hombre? Y, además, ¡alucina! ¡Qué no quería ni jugar con ellos!, ¡solo era para dejarlos dentro de la caja en lo alto de la estantería del dormitorio, de decoración!

Nada, la diligencia del Playmobil y marchando. El segundo te pide unas Zapatillas Air Jordan y una sudadera McKenzie. Cucha tú lo que tardé en ir al Decathlon, que estaban de rebajas. Y así que ni te cuento, interminable la lista. ¡Menos mal que les pedimos moderación!

Un tiempo después, cuando ya nos habíamos mudado al chalet, mi mayor, que ya apunta maneras en cuanto a perspicacia argumental y disquisición dialéctica (ha salido a su madre ¿verdad que sí, chiqui?), me preguntó que yo que tanto había abogado por la contención en cuanto al gasto y lujo desmedido e innecesario, que qué pensaba ahora al respecto, cuando nos habíamos comprado un casoplón con piscina, huerto, plaza de toros y un tráiler. De entrada, me jorobó un pelín la pregunta porque para un antojito que me permito en la vida (el tráiler, lo del chalet era necesidad familiar) va y me lo critica. Será jodido el crío. ¡Qué te quiero igualmente, ratón!

Luego, asumí que era normal que pensase, en su cándida e inocente prepubertad, que iba a pillar a su padre en un renuncio y se vino arriba. Pero cometió tremendo error al subestimar al escritor que seguía creciendo dentro de mí. Esto fue lo que le contesté, con sosiego, sin mostrar ni un ápice de endiosamiento, pero a la vez con la necesaria rotundidad para no dejar resquicio al derecho de réplica, plenamente constitucional por otro lado, que tan extendido está en mi familia:

—Querido hijo. En cuanto a la piscina, y de rebote al huerto, la idea primigenia no era para nuestro solaz hídrico estival, si no como reservorio familiar de ese preciado líquido elemento que es el agua ($H_2O$, que ya lo has dado en Química). Como sé por dónde me vas a salir, que para algo te he parido yo de forma consorte, te diré que sí, el agua de la piscina se puede usar también tanto para uso doméstico como para uso agropecuario. Para uso doméstico se hace lo mismo que hacíamos cuando yo era pequeño con la leche. Primero se filtra bien para quitar pelos, hojas o insectos que puedan haber caído en la piscina (o del culo de la vaca para la leche), luego se hierve diez minutos y listo, cloro evaporado. Química básica. En el caso de necesidad agropecuaria, pues procedemos del tirón; regamos el huerto directamente del agua de la piscina, sin filtrar, con pelos, hojas e insectos incluidos. Aquí tenemos que concienciarnos todos, hijo. Ya has visto el calor que ha hecho este verano, que a este paso vamos a tener que regar los olivos con Fairy. El aceite no sé si saldrá virgen extra, pero al menos nos podemos hacer la ilusión de que estamos de vacaciones en Asturias de lo verde que estará el campo.

»En cuanto al tráiler —proseguí— lo compré con el remolque refrigerado, con idea de que en los días que apretase la canícula, recuerda que vivimos en Córdoba, en vez de poner el aire acondicionado en todo el chalet, que eso gasta una barbaridad de luz, lo que podíamos es hacer vida familiar en el remolque. Tú has visto como lo he equipado: tiene una mesa y cuatro sillas muy monas, una pequeña cocina, un baño en un rincón, estanterías para comida, cubiertos, vasos y demás. Incluso ganchos para colgar jamones y una pantalla de plasma. Así que, para contribuir al ahorro energético, después de la piscina, en vez de al chalet nos vamos todos al remolque, nos preparamos cualquier cosita con los productos del huerto, que sé yo, una pipirrana, unos tomates aliñaos con melva o unos aguacates con gambas que a ti tanto te gustan, los niños vuestro Aquarius, mamá su CocaCola Zero y yo mi Cruzcampo y como reyes. Incluso, si queréis, entre los jamones podemos instalar unas hamacas, nos ponemos en la tele el Tour de Francia y en tres minutos estamos los cuatro durmiendo la siesta. Y luego, antes de volver al chalet para la cena, nos damos unas vueltas en el tráiler a la plaza de toros, sin pisarle, y así contribuimos a la economía circular.

Durante un milisegundo, me pareció que mi hijo iba a claudicar… iluso de mí. Lo vi en su mirada, como solo lo puede ver un padre consorte, me iba a salir por donde le quedaba…, digno hijo de mi chiqui. Me miró fijamente y me preguntó, con su pelín de ironía críptica que no pasó inadvertida a mi sexto sentido literario:

—Y la plaza de toros, papá. ¿También contribuye a la economía circular por ser redonda?

Ay, retoño mío… ¡Cuanto te queda aún por vivir y por aprender! Le devolví la mirada, que aún así quise fuese cálida y acogedora, porque soy su padre consorte y lo quiero con locura, y lo traje de vuelta al mundo real.

—Hijo, la plaza de toros es justamente lo más importante de todo lo que nos ha proporcionado mi talento, porque es el vínculo invisible que nos mantendrá unidos de forma indisoluble a nuestros humildes orígenes. ¡La plaza de toros será la sede de la primera granja-escuela para escritores noveles de España! —sentencié—. Vale que cuando viene la familia organizamos una capea y soltemos alguna vaquilla, pero fuera de temporada vamos a ser el germen de los futuros escritores de nuestro país.

Para no hacer más sangre, que no hay nada más triste que ver la cara de tu hijo cuando toma conciencia que ha perdido la batalla (por más merecida que estuviera la lección que acababa de recibir al haber osado retar a un enemigo tan formidable) y devolverle la alegría a esa carita con bozo incipiente que me vuelve loco (¡qué te como! ¡Bombón!), le hice una propuesta que sabía no podría rechazar. Le planteé regentar la sección de la plaza de toros asignada a los escritores noveles prepúberes como él, ubicada en el tendido de sol, que los jóvenes aguantan mejor la calor.

Asumiendo ese cargo directivo aprendería por un lado, a fortalecer su lado altruista ayudando a sus iguales y por otro lado, iría adquiriendo responsabilidades para saber encauzar su vida en el futuro sin tener que depender de nuestras transferencias mensuales, que es muy fácil acomodarse cuando el dinero entra a raudales en la familia. Y tengo que decir que fue todo un acierto. Le gustó tanto la propuesta que la llevó incluso más allá de lo estrictamente necesario.

Aparte de las gestiones propias del puesto, él solito, por iniciativa propia, asumió también la tarea de organizar los botellones del fin de semana de la peña literaria prepúber, en la valla detrás de la plaza de toros. Estoy tremendamente orgulloso de su iniciativa, porque esos botellones se consolidaron con el tiempo como la tertulia literaria más famosa y prolífica de toda Córdoba. De hecho, esos botellones fueron el germen, no solo futuros miembros de la Real Academia de la Lengua Española y candidatos al Nobel de Literatura, sino también de miembros muy señalados de otras ilustres asociaciones sin ánimo de lucro como OnlyFans o Forocoches.

Igualmente, y conscientes de la responsabilidad que teníamos en nuestras manos al ver cómo aumentaba sin cesar el saldo en la cuenta del banco (compartida: si de pobres lo teníamos todo juntos, de ricos igual), mi chiqui y yo, nos sentamos un día con los dos críos a hablar seriamente de la importancia de afrontar cuidadosamente la nueva situación y que a ninguno de los cuatro se nos subiese el éxito a la cabeza.

Lo primero que les dijimos es que, independientemente del número de ceros que tuviera la cuenta corriente (tuvimos que explicarle lo que significaba el término), íbamos a priorizar. Ante todo íbamos a invertir en su educación y en su formación, sin escatimar lo que hiciera falta. ¿Qué hay que ir al mejor colegio de Córdoba, el del método MonteChori? Palante. ¿Qué hay que comprarles uniformes? Como si nos piden equipaciones de McKenzie con zapatos Jordan, palante. ¿Qué hay que ir de excursión? Los primeros y, si ponen publicidad de mi libro en el lateral del autobús, pago yo la excursión a toda la clase. ¿Qué cuando sean algo más mayores hay que enviarlos de intercambio para mejorar idiomas? Al país que quieran, en primera clase. Bueno..., mejor aquí nos andamos con tiento. Podríamos empezar por reforzar el inglés en Inglaterra o Irlanda, que es un clásico y luego vamos viendo, que capaces son de pedirse de entrada un intercambio en Groenlandia o Rhodesia.

Y las vacaciones, que eso también es cultura, ahí sí que donde quieran. Ellos y mi chiqui, claro, que a ella también le encanta viajar. En cuanto les dijimos lo de las vacaciones, el pequeño se puso como loco de contento. Propuso ir a Vietnam. Es que le gusta el arroz una cosa mala. Y le hemos dicho que venga, el verano que viene a Vietnam. Como le guste, lo mismo a la vuelta deja el croata y me pide dar clases de vietnamita. Es que el enano, país que visita país que quiere aprender el idioma. ¿Habrá algún indígena vietnamita en Córdoba para darle clases particulares? Yo sin problema lo llevo al restaurante que sea, con tal de practicar...

*[Ahora, esto que vaya por delante. Si no me sacáis buenas notas no hay Vietnam. Y tú, chiquilín, aprieta que este trimestre has bajado en Lengua Española. Si no, en vez de Vietnam, nos vamos de vacaciones a Benidorm a que des clases de refuerzo con los veraneantes del IMSERSO (Instituto de Mayores y Servicios Sociales, me documento siempre).]*

Pero, lo que de verdad queríamos era transmitir a los dos el valor del esfuerzo y la satisfacción de conseguir las metas que te propones gracias a tu empuje y coraje. Y eso solo se consigue estudiando. Solo así podrían conseguir la meta que su madre y yo nos propusimos: que no fueran parte de ese 73% de menores de 60 años que sigue viviendo con sus padres. Queríamos enseñarles a volar con sus propias alas, no darles un Falcon por to el morro, aunque pagarlo lo podíamos pagar sin problema, al contado. Pero eso no es lo que les hará hombres de bien, ¡que para algo son cordobeses los dos!

*[Señor presidente, lo del Falcon no va por usted ¿eh? Que en su caso está más que justificado que lo use para todos sus viajes, incluidos los locales.]*

Espero hijos míos que tengáis a bien seguir las directrices que os estamos marcando en estas líneas. Mamá y papá solo quieren lo mejor para vosotros y tenéis que estar preparados para afrontar la vida en el caso de que, por alguna razón, el dinero que tenemos ahora no lo tengamos en el futuro. Por ejemplo, que me lo funda en el bingo como el vecino del bloque donde vivíamos antes. O que lo invierta todo en una empresa española de vacunas, como la que justo ahora acaba de poner en el mercado la del Covid, siete años después de pasar la pandemia y del Nobel a Karikó. Tiene nombre de gallo, pero que gran científica y que mérito, la joía. Me he comprado su libro y todo, que ambos somos escritores consagrados de extracción humilde (también suena a rescate de secuestrados por parte de los Navy Seals, igualmente en el extrarradio).

*[Permitidme que termine este capítulo contando una anécdota familiar en la plaza de toros. El día que nos entregaron el chalet hicimos una pequeña fiesta. Como por aquel entonces ya guardaba el anonimato, fue una fiesta restringida. La familia más cercana de mi chiqui y mía, mi editora Matilda y su novia Anduriña y el presidente con su señora (vinieron de incógnito en su Peugeot 407, el que usaba para los mítines durante su primera campaña). Lo pasamos que ni te cuento.*

Pero lo bueno fue cuando en la sobremesa nos fuimos a la plaza y soltamos una vaquilla para el que quisiera darle unos pases. Y de pronto, mi concuñao, que ya os dije que era ciego de nacimiento, nos dice que él quiere también torear la vaquilla. Obviamente le dijimos que ¡¿onde vas chaval?! Que ni de broma. Pero va e insiste que puede torearla sin problema. Que era capaz de adivinar por dónde le iba a entrar la vaquilla por el olor (cierto era que olía bastante a osobuco revenío, nos la alquilaron sin lavar). Insistió tanto, tanto que finalmente dijimos que bueno, que lo intentase, pero que si a la primera embestida la vaquilla le daba un trompazo, lo sacábamos al instante del coso.

Pues no te puedes hacer una idea de la sorpresa que nos llevamos. Se nota que mi concuñao no pilló el covid, porque toreó de olfato como un torero de los que ven (también llamados toreros videntes, no confundir con toreros con dotes paranormales). Ya desde el momento que mi concuñao saltó la barrera, nos dimos cuenta de que tenía un talento innato. Se plantó en el centro del coso y se hincó de rodillas. Aquí nos acojonamos todos que ni te cuento, yo incluso cerré los ojos y cogí el móvil para marcar el 112 pero...

¡Menudo pase a portagayola! (repásese el capítulo 3)

¡Qué maestro, que maestroooo¡ Nos dio un recital que no os podéis, de verdad, hacer una idea. ¡Qué pases de pecho! ¡Qué verónicas! ¡Qué naturales! Empezamos todos a gritarle tantos ¡Olé, Olé y Olé!, que se nos vino arriba y pidió las banderillas el tío. Aquí ya sí que le paramos los pies, porque el contrato de alquiler indicaba claramente que no se le podía hacer sangre a la vaquilla. Y menos mal que estaba esa cláusula, que si no el concuñao le pone banderillas, le da la estocada y me la descabella. Estábamos tan alucinados con la faena, que empezamos a sacar los pañuelos y a agitarlos al presidente quien, como no podía ser de otra forma, concedió las dos orejas y el rabo.

No tuve más remedio que irme corriendo a la cocina a por dos molletes de los que había traído mi suegra de Málaga y luego al jardín, a cortar un cacho de manguera para que el presidente le diera en mano los trofeos. Mi concuñao, con la emoción del momento, ni se coscó de que no eran los atributos reales del toro. Igualmente estaba supercontento. Lo subimos a hombros de la novia de mi editora (era la que iba a aguantar mejor el peso), lo sacamos por la puerta grande y le dimos la vuelta al ruedo en el tráiler, sin pisarle. ¡Que tarde nos brindó el gachón! ¡Qué arte! A mí su estilo me recordó mucho a ese torero al que le tiraban prendas íntimas, tanto masculinas como femeninas, tanto nuevas y limpias como patentemente usadas, y que luego arrasó en el mundo de la música. Ese que tuvo una hija con una politóloga muy buena que salía en Telecinco y que firmaba sus libros también con pseudónimo: «La Princesa del Pueblo». Una analista de primera. Jesusín de Fabrique creo que se llamaba el torero. Pues mi concuñao tenía el mismo estilo toreando. Habrá que ponerlo a cantar, que seguro que también lo peta. ¡Qué ojo tuviste con el ciego cuñá!]

# CAPÍTULO 5
## Tsunami

Tras la fulgurante venta de los cien ejemplares de la segunda edición ya no pudimos parar la que se nos venía encima. Matilda decidió echar toda la carne en el asador y le puso tres ceros a la tercera edición. Decidió empeñar hasta el último céntimo de la editorial (¡Santa AlmadeCántaro!) y puso en el mercado cien mil ejemplares de mi libro. La campaña de marketing fue complicada por el hecho de que, ante todo, no se podía filtrar mi nombre ni mi fotografía. Estaba en el contrato: si mi nombre o imagen salía a la luz, podía cancelar el contrato. Pero jamás lo hubiera hecho después de la confianza que Matilda había puesto en mi libro y en mi persona. Ya éramos amigos y no iba a traicionar esa amistad por nada del mundo, incluso si finalmente mi identidad se hubiera filtrado, lo habría gestionado con la familia de la mejor forma posible. Pero lo conseguimos. No se llegó a saber quién estaba detrás del nombre de Garbi Zuzunaga. Algo parecido a lo que pasó con Carmen Mola hace unos años, que todo el mundo estaba como loco intentando saber quién era la autora de una fabulosa saga de novela negra policíaca, y que finalmente resultaron ser tres amigotes varones.

Los libros ya se vendían a cientos cada día. La portada de mi libro, una foto de Igelkott sobre el teclado de un ordenador, daba la vuelta al mundo, intrigando a propios y extraños porque no conseguían encontrar la relación entre un erizo informático y el título de mi libro:

*SOY RICO Y SOY FAMOSO*

Y aún más intrigados por un autor con un nombre tan raro como Garbi Zuzunaga, o incluso autora, que hubo quién propuso que Garbi era un diminutivo de Garbiñe. Parece que mucha gente lo compró dejándose llevar por el título, pensando que era un libro de autoayuda para conseguir dinero y proyección mediática. Ahora la gente solo quiere salir en la tele y vivir como reyes sin dar un palo al agua. Bueno, si no se considera que dar un palo al agua es pasar veinticuatro horas al día chillando mientras grabas vídeos comentando juegos de ordenador, bailando, haciendo tonterías como darle vueltas a una botella medio vacía o dándote porrazos saltando tapias.

Mi nombre y mi libro empezaron a aparecer en programas de radio y televisión, había reseñas en todos los periódicos y nos llegó el rumor de que alguna de las grandes editoriales había contratado a detectives privados para intentar descubrir quién era Garbi Zuzunaga. Yo temía que la foto de Igelkott les diera la pista sobre mi identidad, pero desde que salió el libro se venden cientos de erizos todos los días en el eKiwoko Mundo Animal (tienen los derechos en exclusividad de las ventas de erizos domésticos en Europa), así que por ahí no me iban a encontrar.

Además, Matilda, en un alarde de sagacidad y perspicacia, influenciada seguro por los devastadores efectos del reciente tsunami que arrasó la costa catalana (Democratic lo bautizaron los meteorólogos), mudó el domicilio fiscal de la Editorial Independiente AlmadeCántaro a Getxo. Aprovechando que el nombre de Garbi Zuzunaga sonaba a vascuence, esta estrategia desvió la atención mediática a la otra punta del país (grande Matilda, te debo una más). Anduriña, la novia de Matilda, pidió excedencia temporal en los Altos Hornos de Vizcaya y se unió a la Editorial, encargándose de responder a las miles de llamadas que preguntaban para cuando iba a salir el siguiente libro, que intentaban sonsacar quién era el autor, o simplemente querían saber si en algún momento, aunque fuera encapuchado o detrás de un biombo, iba a firmar ejemplares en persona.

Las ferias de libros de todo el mundo nos contactaban para convencernos de que me diera a conocer, que sería algo único en el mundo editorial, y que haría que las ventas se disparasen aún más si cabe. Pero no daba mi brazo a torcer. No quería que se supiera que quién estaba detrás de la revolución literaria más grande desde la saga de Harry Potta o la de Juego de Cromos era un humilde chapista cordobés. No quería rendirme al estrellato. Pensaba permanecer en el anonimato siempre.

Sin embargo, todo empezó a cambiar en esa convicción de permanecer oculto a la opinión pública cuando el mismísimo Carlos Cansina, el director del programa matinal de Onda Cero y al que llevo años escuchando (su programa me ayuda a amortiguar el ruido de los golpes en el taller de chapa), llamó a la editorial en persona para solicitar una entrevista. Yo le había pedido a Anduriña que dijese que no daba entrevistas, pero ella sabía de mi pasión por este tremendo profesional y me llamó para decirme que mi admirado Carlos quería entrevistarme. En ese momento, mi convicción inamovible por mantenerme en el anonimato empezó a flaquear al saber que mi ídolo radiofónico me proponía una entrevista en su programa. ¡No podía creerlo. Yo en Onda Cero y ser entrevistado por Carlos Cansina!

*[Inciso informativo, deferencia del autor:*

*Mi pasión por la radio empezó desde chiquitito. Mis padres me dejaban muchos fines de semana en casa de* mi abuela, una casa enorme en la Plaza de la Corredera. Mi abuela todas, todas las tardes sintonizaba el serial radiofónico «Lucecita» se ponía a coser y los dos nos quedábamos callados escuchando.

Luego, de mayor, empecé a escuchar a Luis del Colmo, que sonaba como un señor muy serio. Una vez lo vi en televisión y me quedé impresionado. Era muy alto y grande y tenía una mirada amenazante, me recordaba a mi tía Anita, la mujer de mi tío Rafalito. Nunca entendí porque se llamaban Anita y Rafalito. Siendo como eran tan grandes los dos, lo normal hubiera sido que se llamasen Anota y Rafalote.

Tan intimidante me pareció la mirada de Luis del Colmo que cambié de emisora y me pasé a otra que dirigía un almeriense con mucho arte que se llamaba Carlos Dentera. Por aquel entonces mi pasión por la radio se extendía ya desde la mañana hasta la noche. Fue por la tarde-noche cuando empecé a escuchar a Carlos Cansina, que tenía un programa buenísimo que se llamaba El Astrolabio (programa que ahora lleva otro compañero suyo, muy bueno también, Rafa Socorre, un tipo superaltruista). Tan bueno era Carlos Cansina en el programa de tarde que le ofrecieron hacer el programa de la mañana, el de más audiencia. Ahí es donde está ahora, su programa se llama Más de un Tuno y es líder de audiencia nacional. Grande Carlos.]

Me reconcomía pensar que Carlos Cansina quería llevarme a su programa y que, por mi intención de mantenerme en el anonimato, perdiera una oportunidad única de conocerlo en persona, en su estudio de radio. Para mí eso era como un sueño. Y no sabía que hacer, de verdad. Al final Anduriña dio con la clave. Ir al programa pero sin que se me viera la cara. Me dijo que podía ir camuflado, y así, cumplir ese sueño sin que nadie me reconociese. Incluso podía pedir que me distorsionaran la voz para que ni siquiera así me identificasen. Carlos había dejado su número personal para que le devolviese la llamada, así que, después de hablarlo bien con Matilda y Anduriña, y luego con mi chiqui, decidimos proponerle que la entrevista fuera en plan oculto, con el rostro tapado con una caja de cartón o qué sé yo, con un pasamontañas.

No os podéis hacer una idea de lo que me temblaban las piernas cuando devolví la llamada a Carlos y este respondió. No podía creer que estaba hablando con él en persona. Después de las frases protocolarias de aprecio mutuo, que si qué pedazo de programa tienes ¡monstruo!, que para monstruo tú el pedazo de libro que has escrito ¡fenómeno!, que si eres el mejor profesional de la radio mundial, que si eres el mejor escritor de todos los tiempos, que si patatín que si patatán, empezamos a hablar de los detalles de la entrevista. Quería hacer un monográfico completo, quería dedicar las cinco horas de la mañana a la entrevista y al libro. Que yo recuerde, salvo los debates sobre el Estado de la Nación del Congreso, las investiduras de los presidentes del Gobierno (¡Abrazos señor presidente!) y la retransmisión del sorteo de lotería de Navidad, Carlos nunca había dedicado una mañana entera a una sola persona o a un solo evento. Quería la primicia mundial.

Yo le contesté que encantado, qué digo encantado, honrado de tamaño privilegio. Solo cuando le dije que mi única condición era acudir con el rostro cubierto, Carlos mostró una clara reticencia. Él arguyó, no sin razón, que al ser un programa de radio no tenía sentido ir enmascarado, que nadie me iba a ver. Pero yo repliqué que ahora los programas de radio también se graban y se emiten, sino íntegros, al menos en parte, porque había visto en los telediarios fragmentos de sus entrevistas más famosas. O que algún miembro del equipo podía tener la tentación de hacer alguna foto de tapadillo con el móvil y desvelar mi identidad. Al final, después de un poco de discusión, claudicó y aceptó que asistiese a la entrevista con el rostro cubierto, forjándose así la que fue mi primera entrevista radiofónica con mi admirado Carlos Cansina.

*[Termino aquí este capítulo contándoos cómo decidimos mi editora, mi familia y yo el camuflaje con el que iba a asistir a la entrevista. La opción más obvia era ir con pasamontañas. Sin embargo, esa la descartamos rápidamente porque la entrevista estaba programada para principios de abril, que*

ya hace tremendo calor y con pasamontañas me arriesgaba claramente a una detención por parte de los GEO.

Pensamos entonces en usar una peluca. Mi madre tiene una buenísima, rubia, de los años 70. Combinándola con unas gafas de sol grandes como las del cantante de Los Amaya y andando encorvadito con una carpeta en el pecho como el director del CNI lo mismo podría resultar. Pero cuando me probé la peluca de mi madre, que llevaba cuarenta años en su soporte de cabeza con bolas de alcanfor, el sarpullido y el olor no se me quitaron en una semana.

Fue mi hijo pequeño el que dio con la clave para ir camuflado a Madrid. La idea me la proporcionó al preguntarme sobre los emplastes que me tuve que poner para secar el sarpullido de la cabeza por la peluca de mi madre. Cuando le expliqué que estaba buscando un disfraz, me dijo que porque no me disfrazaba de Igelkott. Por lo visto, y yo eso no lo sabía, desde que se publicó mi libro con la portada de Igelkott en el ordenador, el regalo clásico en todos los cumpleaños de los niños, (aparte de iPhones, PlayStations5, o viajes a Disneylandia Orlando o París en función del poder adquisitivo de los progenitores), era una máscara de nuestro erizo. La tendencia era que la máscara no solo se la ponía el niño que cumplía los años, sino también todos los amiguitos e incluso, a veces, en función del poder adquisitivo de los progenitores, los empleados del sitio de celebración. En los casos más extremos, en función del poder de convicción de los progenitores, se habían dado casos en los que también los padres de los niños invitados al cumpleaños se habían tenido que poner la máscara de nuestro erizo.

Mi hijo me acompañó a una tienda de disfraces y allí me probé una de las máscaras de Igelkott, que eran superrealistas y cubrían toda la cabeza. Como las que usaba el actor angoleño ese, famosísimo, Tomás Crucero, en su serie de películas Misión Improbable. Ideal. ¡Grande mi enano! Ya tenía como ir de incógnito a Más de un Tuno de Carlos Cansina.]

# CAPÍTULO 6

## AVE; María Purísima.

## Con Pecado Concebida

Bueno…, pues tenía que ir a Madrid (esto fue antes de que me invitara el presidente ¿eh? Solo por clarificar el contexto temporal). Carlos Cansina me pidió hacer la entrevista en viernes, el día que su programa tiene mayor audiencia. Esto me resultó curioso. Lo mismo la peña se pone ya desde el viernes por la mañana en modo fin de semana y se relajan con la radio. Supongo que se están preparando para cuando el presidente imponga la jornada laboral de cuatro días, que para mí que va a caer pronto. Aunque entonces lo mismo la gente se empieza a relajar el jueves por la mañana y vamos a terminar trabajando menos que los Reyes Magos. Yo pienso seguir trabajando mi horita diaria, incluso los viernes, si me animo a escribir mi segundo libro, claro. El que ha trabajado duro toda su vida, lo sigue haciendo aunque sea rico y famoso y no le haga falta.

Carlos me quiso poner en contacto con su equipo de producción y logística para programar el viaje. Pero, como estaba ya nerviosito perdido pensando que se pudiera filtrar de una u otra forma mi identidad, rechacé el ofrecimiento y le pedí, por favor, coordinarme solo con él, que yo me organizaba el viaje, el alojamiento y todo por mi cuenta. Y con esto no pongo en duda ni por un instante la profesionalidad del equipo de mi Carlos, que seguro son tan íntegros como el jefe. Pero es que me dio la picá de hacerlo yo todo y ya está.

Se quedó un poquito así..., lo mismo empezó a pensar que, como todos los artistas consagrados, tenía mi tirito dao, pero igualmente claudicó. Me dijo que sí, que planificase todo por mi cuenta, pero me pidió que al menos dejase que su chófer personal, de total confianza, fuese a recogerme donde yo indicase para llevarme a la emisora y luego trasladarme de vuelta donde yo le dijese. Acepté pensando que iba a ir con la máscara de Igelkott y que no habría problema para que el chófer identificase a quién tenía que recoger.

Le pregunté a mi chiqui si me quería acompañar y ya pasábamos juntos el fin de semana en la capital. Pero le venía mal, tenía programada la peluquería para ese sábado y no quería dejar pasar más tiempo, que por lo visto le asomaban ya las canas por las raíces.

*[Nota informativa personal, deferencia del autor:*

*Tiene un pelo precioso mi chiqui, negro azabache, malagueña total, pero con la edad van saliendo algunas canas. Eso le da un puntito de madurita interesante que me pone..., pero ella todavía no ha hecho suya eso de la cana es bella y se sigue tiñendo (me pone igual sin las canas). Yo tengo muchas canas también, me empezaron a salir en el trabajo de tanto golpe en el taller de chapa. Pero no me las tiño. Una vez me eché el Grecian 2000 ese y me salió una cantidad de caspa tan enorme que decidí dejarlas conforme saliesen, al natural. Como Richard Jerte (famoso empresario de la cereza). Ambos millonarios y con el pelo canoso los dos, aunque yo tengo ya pareja así que ahí se acaba el parecido (véase la peli Freddy Woman para más información).]*

Bueno, pues iría solo a Madrid. Igualmente pensé que me podía quedar el fin de semana después de la entrevista. Tengo un amigo de la época del instituto que vive allí y que hacía muchos años que no veía, así que pensé en hacerle una visita y lo mismo darle la sorpresa y descubrirle mi secreto (los amigos de verdad guardan los secretos, mi amigo no me iba a fallar).

El jueves, el día antes de la entrevista, me fui a Madrid en el AVE. Qué maravilla de invento, desde Córdoba te plantas en Madrid en dos horas. Me pillé asiento en clase turista, para seguir con mi incógnito, en ventanilla. Cuando voy en tren me encanta ir con la cabeza apoyada en el cristal mirando el paisaje y quedándome dormido del traqueteo. Yendo de Córdoba a Madrid en AVE primero uno disfruta de los campos de olivos, luego las estribaciones de Sierra Morena, los túneles de Despeñaperros (como silban los oídos a esa velocidad) y ya entras en La Mancha, la región más montañosa de España. Nunca he entendido el nombre, porque una mancha es algo plano, y las montañas de La Mancha son grandiosas. Seguro que el que se inventó el nombre era un terraplanista.

Igualmente, en este viaje no disfruté del paisaje sino de la señora que se me sentó al lado. Yo ya estaba en mi asiento, con la cabeza apoyada en el cristal de la ventanilla, calentando motores para ver el paisaje. Ella llegó tirando de un troley pequeñito y me pidió que la ayudase a subirlo a la repisa encima de los asientos. Y desde ese mismo momento empezó a ponerme al día de su biografía, empezando por explicarme que no podía levantar pesos porque tenía hernia discal causada por un accidente. Yo, que por mi timidez innata no suelo entablar conversaciones espontáneas con desconocid@s, como que no dije nada y me limité a ayudarla, por si captaba el mensaje.

Pero le dio igual, siguió contándome que hacía unos meses la atropelló un repartidor de Globo, cargado hasta arriba de hamburguesas, y que iba como un loco con una vespa por la acera porque llegaba tarde a un cumpleaños. Desde entonces la espalda la tenía desquiciada, aparte de que también le arruinó el traje nuevo que estaba estrenando (iba camino a una boda), porque la mitad de las hamburguesas le cayeron encima con toda su grasa, el queso fundido y la salsa barbacoa. Aunque, por lo visto, la peor parte se la llevó el repartidor, que a él le cayó encima la otra mitad de las hamburguesas más la moto al completo.

Por la cara que puso al contarlo creo que sentía más pena por su espalda y por el traje, que por las dos piernas rotas, tres costillas astilladas y la pérdida de visión de un ojo del repartidor. Lo del ojo fue verdadera mala suerte. Un sobrecito de kétchup salió disparado de la mochila enorme amarilla esa que llevan los de Globo, con tan mala fortuna que le rebanó el ojo como si fuera una cuchilla, igualito que la secuencia del *Perro Andaluz* de Buñuel. ¡Uf!, no puedo ver esa escena, me entra de tó. Vete a saber lo que se habría desayunado esa mañana don Buñuel.

Igualmente pensaba ignorarla temiendo que me fuera a dar la brasa las dos horitas de viaje, pero en cuanto se sentó, abrió su bolso y sacó mi libro. ¡Ahí estaba IgelKott con su ordenador! ¡Hostia! Me quedé de piedra, tuvo que vérmelo en la cara porque la mujer me dijo:

—Lo has leído ya ¿verdad? Por la cara que has puesto seguro que te ha gustado. No se te ocurra contarme nada, que estoy terminándolo y me tiene loquita, solo me quedan las cuatrocientas últimas páginas (recordad que este *Quijote Contemporáneo* consta de 3450 páginas).

Aquí ya no pude resistirme, era la primera vez que interaccionaba con una persona que estaba leyendo mi libro, y me pudo más la curiosidad de saber qué pensaba de la Obra Cumbre de la Literatura Universal. Le dije que no, que no lo había leído aún, pero que algo había oído sobre el libro. Y ya la mujer se embaló y no hubo quién la detuviese. Como ella (y yo) ya intuía que no iba a parar de hablar en todo el viaje, se presentó para hacerlo todo como más familiar y asequible.

—Encantada hijo. Me llamo María Purísima. Y sí, no te rías, que te veo venir —me dijo con socarronería—. Me gusta viajar en AVE, sin que tenga nada que ver con mi nombre. De hecho soy agnóstica, me he jartao de chingar cuando era joven, y fui concebida con pecado bien bueno.

Mi olfato de escritor consagrado me sugirió inmediatamente dos preguntas obvias aunque, por la premura de la recién iniciada relación, no me sentía cómodo hacerlas de sopetón. Una era saber si ya había dejado de chingar definitivamente, porque a mí me parecía que, en su plena madurez, aún estaba de muy buen ver. La otra era lo de pecado bien bueno, que aquello me sonaba a sexo desenfrenado no tradicional. De hecho, esto me dejó muy intrigado porque, que yo sepa, el sexo no tradicional no produce embarazos. Y si esto fuera así, ya me queda la duda. ¿Cómo fue concebida entonces? Ciertamente intrigante.

La primera pregunta me la respondió poco después, cuando me dijo que desde que cumplió los noventa y dos años había dejado de practicar sexo y que ahora solo se dedicaba a cuidar de sus gatitos, a leer y a ir al cine. Con respecto a la segunda inquietud, con mucho tacto le comenté que no terminaba de ver eso del pecado del bueno. Y, como María Purísima no tenía pelos en la lengua (luego supe que tampoco en otro sitio), me desveló que, por línea paterna, había heredado una mutación rarísima que hacía que los que la tienen se entreguen al sexo al por mayor, sin ningún tipo de tabúes ni restricciones, vale todo, todo. Yo ahí vi un filón que podía ser el germen de un futuro libro, caso que le pillase el gustillo a esto de escribir, y quise indagar más en su aparentemente tumultuoso pasado. La animé diciéndole que me interesaba mucho el tema, que yo tenía problemas de impotencia por las pastillas de la hipertensión y que lo mismo saber más de su mutación podría ayudarme a mejorar mi vida sexual. Mentira tó, era solo para sonsacarla, que nosotros tenemos una vida sexual plena, ¿verdad chiqui?

María Purísima me dijo que en su familia se sabía que había algún problema genético, porque su abuelo paterno tenía fijación por los árboles, su padre por los botes de mayonesa y ella por la pintura clásica. Por lo visto, su abuelo no podía salir a la calle o al campo, porque en cuanto se encontraba un árbol intentaba copular con él. Parece que fue un infierno, el pobre se pasó la mitad de su vida en el hospital quitándose astillas, ¡con lo que duele eso, por Dios!

En el caso de su padre fue más llevadero porque la fiebre copulatoria solo le daba con los botes de mayonesa, así que lo único que tenía que evitar la familia era llevarlo a supermercados o restaurantes. Aún así, algunas veces no podían controlarlo y lo pillaban en plena faena en la sección de salsas de los supermercados, con el consiguiente trastorno, que en esos sitios hay personas muy sensibles, incluso niños. No obstante, parece ser que también tuvieron momentos complicados con su padre porque no es lo mismo que la mayonesa viniera en bote de plástico que en bote de cristal, este último mucho más peligroso, sobre todo si te vienes arriba y le das más fuerte de la cuenta.

Menos mal que su padre no llegó a vivir los tiempos actuales, con la mayonesa en botella de plástico de esas que te ponen ahora en las hamburgueserías, donde la mayonesa sale en chorrito por un agujerito pequeñito. No me quiero ni imaginar la que le podía liar el padre a la botellita y la que se podía liar él mismo en el tema, intentando embocar por un agujero tan chiquito. Y ya puestos a pensar, imagina como hubiera sido la experiencia sensorial con los sobrecitos de mayonesa del McDonald´s, que cuesta la misma vida abrirlos. Una pasada.

En el caso de María Purísima, el efecto de la mutación era más suave, aunque igualmente incómodo. Ella me contó que la primera experiencia relacionada la mutación familiar fue en una excursión de su colegio a Córdoba. ¡Qué casualidad que viniese a Córdoba desde su Almería natal, en la costa cantábrica! Estaba con sus compañeros en el museo del pintor Julio Romero de Torres (como dice la copla, «¡Pintor de la Musa Gitana, Córdoba Sultana, cuanto te quierooooo!») cuando se paró delante del cuadro *Naranjas y Limones*. Es una pintura de una morena cordobesa con el torso desnudo y con los pechos rodeados de naranjas. Los limones supongo que eran los que contribuía la modelo, porque yo por más que miro no veo limones en el cuadro. Pues me dijo María Purísima que fue ver el cuadro y ponerse a sudar, a hiperventilar y a sentir tales oleadas de calor interno que tuvo que sentarse para no desmayarse. Y que, al tratar de salir del museo para respirar aire fresco, pasó por otras salas donde había otras pinturas de mujeres cordobesas con los pechos al aire (de piñón fijo don Julio), lo que aumentó su desasosiego hasta tal extremo que, cuando llegó a la puerta de salida, se desmayó entre espasmos.

Y desde ese momento supo que, en ella, la manifestación de la mutación familiar sería llegar al orgasmo viendo cuerpos desnudos en pinturas clásicas. Le ponía igual

*El hombre de Vitruvio* de Leonardo Da Vinci que *La Maja Desnuda* de Goya; *Adán y Eva* de Durero que la *Capilla Sixtina* de Miguel Ángel. Gorditas como *Las Tres Gracias* de Rubens o flaquitos como el *San Sebastián* de El Greco. Me dijo María Purísima que para rendir tributo a su primera experiencia sexual, todos los años peregrinaba a Córdoba y revivía el gozo de volver a ver *Naranjas y Limones*, sentada en la misma silla en la que se experimentó su primer éxtasis. Debió ser algo escatológico, como lo que tenía que darle a Santa Teresa cuando se comía el pan lleno de hongos y empezaba a levitar.

Lo bueno de María Purísima es que ella supo controlar los efectos de la mutación familiar, convirtiéndose en una renombrada restauradora de cuadros clásicos de desnudos. A fuerza de exponerse a este tipo de pinturas fue haciéndose más y más dura y, aunque a veces flaqueaba, supo reconducir con entereza su enfermedad a lo largo de toda su vida. La picarona me comentó que la pintura que más la ponía era *La Fragua de Vulcano* de Diego Velázquez. Decía que ver a los herreros, con el torso desnudo, sudorosos, mirando al Ángel que se les había aparecido, todo blanquito y también con el torso desnudo, le provocaba un furor sexual sin igual. Y que cuando le pasaba eso con los cuadros de desnudos que restauraba, la única forma de controlar el fuego interior era untarse sus partes con pintura al óleo usando una brocha gorda.

Yo me quedé flipado con la forma de calmar sus instintos y le pregunté que como hacía luego, cuando se le iba la calentura, para quitarse del tema la pintura seca. Me respondió que de la única forma posible: con aguarrás. Me dijo entre risas que perdió una oportunidad única de ser la pionera del porno actual, que ahora los actores lo tienen todo depilado, pero que ella ya se lo dejó finiquitao con la primera aplicación de aguarrás allá por el 1955. Finalmente dirigió su futuro profesional por otros derroteros, aunque al contarme esto puso una cara... no sé..., como si se arrepintiese de no haberse dedicado a la cinematografía para adultos en la época franquista.

No pude resistirme a preguntarle cómo aguantaba las friegas de aguarrás en el tema cada vez que tenía que eliminar la pintura después de un episodio de excitación por pintura clásica, que aquello tenía que escocer como un demonio. Me respondió que la primera aplicación de aguarrás, aparte de habérselo dejado pulido, se lo dejó insensible a las subsiguientes friegas del disolvente. La primera vez fue horroroso por lo visto, pero luego ya no sentía dolor. Eso sí, debía tener cuidado de no fumar cuando restauraba los cuadros de desnudos. Normal, solo le faltaba que se le prendiera fuego el bujis.

Aún así, como la aplicación de los óleos y su posterior eliminación afectaba únicamente a la genitalia externa, eso no le impidió tener una vida sexual plena y satisfactoria con sus dos maridos (y varios amantes que no contabilizan de manera oficial). Su primer marido falleció desgraciadamente, cuando después de un encuentro amoroso, mientras ella estaba en la ducha, se encendió un cigarro en la cama y las cenizas le cayeron en el tema, prendiendo rápidamente sin que se pudiera hacer nada por su ~~picha~~ vida. El segundo dejó de fumar en cuanto Matilda le contó la historia de su primer marido. Como dice el refrán: «Hombre precavido no se quema la tula».

Pero la historia familiar de María Purísima se tornó absolutamente fascinante cuando me siguió contando sobre sus tres hijos, que además todos habían heredado la mutación. El mayor era el dueño del sex-shop más grande de Amsterdam y, por lo visto, el negocio le iba viento en popa. Este encauzó su deficiencia genética testeando en su propia persona, todos y cada uno los artilugios que vendía en la tienda. El segundo le había salido mucho más díscolo. Parece ser que era gurú de una secta de esas que están en mitad de la selva sudamericana, en pelota picá todo el día, hartitos de ayahuasca. Y bueno, ya te puedes hacer una idea de cómo encauzó el chaval los efectos deletéreos de su mutación: tirando de congregación. La benjamina de la familia se había hecho monja de clausura en un convento en Grecia. María Purísima no me supo decir exactamente la forma en que su hija controlaba la enfermedad. Solo me comentó que, todas las navidades, las monjitas le enviaban un paquete enorme, lleno de dulces caseros y demás productos típicos de la zona, con una nota en inglés agradeciéndole la bendición de haberles enviado a su hija al convento.

[Nota informativa. deferencia del autor:

El convento de la hija de María Purísima está en la cima del monte más alto de una región preciosa del centro de Grecia, Meteora. Si no lo conocéis, id a Internet y mirad las increíbles fotos de esas majestuosas montañas. Yo para verlas me pongo las gafas 3D esas que te dan en los cines (las que tienen un ojo azul y el otro colorado). Se ve superrealista, da vértigo oye.

El convento fue fundado por dos novicias que coincidieron allí de viaje de fin de curso en 1237. Curiosamente, una de ellas era española, nacida en lugar de la Mancha de cuyo nombre no puedo acordarme. Siendo oriunda de la Mancha Castellana, la novicia había crecido entre montañas y era una experta en alpinismo deportivo. Heidi se llamaba, como la patrona de Castilla La Mancha. La otra novicia, llamada Yenifer Deisy, era vecina puerta con puerta del afamado astrónomo ecuatoriano del Siglo I a.C., Nicolás Copérnico (Cope para los amigos del barrio. No confundir con la cadena de radio competidora de Onda Cero). Yenifer Deisy era muy aficionada a la astronomía y en una entrevista encontrada en un papiro de la época, la novicia ecuatoriana comentaba que esa pasión se la inculcó Cope cuando le enseñó a usar su telescopio.

Aquí hay mucha controversia entre los distintos historiadores que han estudiado los orígenes de la congregación meteórica (superrápida), porque todos coinciden que el telescopio fue inventado mucho más tarde por Cosquilleo Galilei, otro célebre astrónomo nacido en Andorra (donde los estrimers y youtubers, tribus pirenaicas muy endogámicas que solo se entienden entre ellos y que se comunican a gritos). No obstante, la controversia persiste. Las palabras de la novicia ecuatoriana, plasmadas en el antiguo papiro: «Cada vez que Cope me deja jugar con su telescopio consigo alcanzar todas las estrellas» parecen sustentar la hipótesis que defiende que fue Nicolás Copérnico quién inventó el telescopio en América, siglos antes de que fuera construido por Cosquilleo Galilei en Europa. Algo parecido a lo que le ocurrió a Colón y a los vikingos. Unos consiguen la fama y otros cagan la lana.

Y allí, debajo del monte más alto de Meteora, Heidi y Yenifer Deisi decidieron fundar su primer convento, una para disfrutar de la alta montaña y la otra para disfrutar de un cielo estrellado, lejos de la contaminación lumínica de su pueblo natal. Subieron escalando la montaña y, durante los años siguientes, construyeron el convento a base de subir materiales y víveres mediante poleas. Con el paso del tiempo ese primer convento se convertiría en la casa matriz de su congregación. Ahora tienen sedes en todas las cumbres de los catorce ochomiles del mundo. Para los portes han subcontratado una empresa de transporte y rescate de alta *montaña del ejército nepalí, los mejores del mundo por su dilatada experiencia en el Everest, Montaña Sagrada de los aborígenes bosquimanos, como no hace falta que os recuerde.]*

Y así, sin apenas percatarme, el AVE entraba en Atocha y María Purísima me volvió a pedir ayuda para bajar el troley de la repisa superior. De pronto, me di cuenta de que no habíamos hablado en ningún momento de mi libro y ya no pude sacar el tema porque, en cuanto cogió el troley, se echó mano a la espalda y empezó a contarme de nuevo la historia del repartidor de Globo y su accidente. Pensé en pedirle su número de teléfono para intentar profundizar en su soberbia historia familiar y documentarme para un libro, pero no me quise arriesgar a que pensase que estaba fistulando con ella. Y quizás, también, por miedo a que se le despertasen de nuevo algunos instintos que reactivasen su mutación, que yo soy de una sola persona (¡esa chiqui!). Nos despedimos con un abrazo y le deseé que siguiera tan dicharachera y feliz. Por cierto, que me dio un cierto olor a aguarrás cuando la abracé. Lo mismo se había excitado un poquito recordando su atípica historia sexual.

*[Permitidme que termine este capítulo con una reflexión, a ver qué os parece. La idea de escribir un libro alrededor de la mutación de María Purísima no se me va*

de la cabeza. Ahora que, con la tecnología del CRISPIS, se puede modificar el ADN a gusto del consumidor, no dejo de darle vueltas a una novela distópica, tan de moda en estos tiempos, en la que a todo el mundo se le introduce adrede la mutación que portaba María Purísima. Imaginar ese mundo de 8000 millones de personas con la misma mutación y los millones de maneras distintas que cada uno tendría de lidiar con los efectos de su enfermedad, se me antoja que podría ser un argumento bestial para otro bestseller de la editorial AlmadeCántaro. Incluso ya me han venido ideas para el título: «Tapando agujeros» o «En un segundito estoy contigo, que ahora mismo me pillas liad@» o alguno quizás más críptico como «Ni se os ocurra inventar una vacuna para parar esto».

¿Sería así como le venía la inspiración a los más grandes escritores de todos los tiempos? ¿De pura chorra?

Ya me decís lo que os parece esta idea queridos lectores. No hay nada como la interacción con aquellos que aprecian tu trabajo y tu talento. Sentíos libres de poneros en contacto conmigo en garbizuzunaga@gmail.com.]

# CAPÍTULO 7

## MecagoenelGeneralísimo

Salí de la estación de Atocha y hacía un sol grandioso, augurio —pensé yo (iluso…)— de mi entrada triunfal en la capital del Reino. Mi idea al salir de Córdoba era pasar primero por el hotel a registrarme, dejar mis cosas y luego irme al parque del Retiro dando un paseo, que estaba cerca del hotel. Pensaba alquilarme una barquita de remos de esas que salen en las películas de *Cine de Barrio*, para estar relajado con vistas a mi primera entrevista con mi Carlos Cansina al día siguiente. Incluso, con suerte, me podía echar una siestecita en la barca, a la deriva, como la canción aquella de Remedios Canaya que arrasó en Eurovisión en 1983, empate en la cumbre junto a Turquía.

*[Por cierto, ahora que hablo de Cine de Barrio. Siempre pienso cuándo dejarán de emitirlo, porque en algún momento, digo yo, no habrá ninguna persona viva de la época en que se rodaron aquellas películas. No termino de*

hacerme una idea del «porcentaje de share» ese que tendrá Cine de Barrio. Lo mismo es bien alto si lo sintonizan todas las residencias de mayores de España, que cada vez hay más de estos hogares de ancianos. La dieta mediterránea es imbatible para convertirnos en entes longevos no autónomos.

Con respecto a Cine de Barrio, el hecho de que por un tiempo lo presentase Antártida, la musa de la movida madrileña de finales de los 70, me hizo reflexionar mucho en su momento. Quién iba a decirnos que Cine de Barrio tendría su trasfondo filosófico sobre lo efímero del devenir humano. Me da mucha ternura ver cómo el paso del tiempo hace reciclarse a una de las más iconoclastas y heterodoxas estrellas de la movida en una entrañable preabuelita. Y que conste que Antártida aún está de buen ver, como María Purísima, que esos kilitos de más que ha acumulado Antártida con el paso de los años le hacen muy atractiva, sino que se lo pregunten a su chico Mario Fronterizo. Yo fui fan incondicional suyo desde su primer grupo, Antártida y los Hemorroides, de sus inicios más canallas con canciones como La tribu de las Meloni (visionaria canción sobre una primera presidenta de gobierno italiana) o Alta Presión (dedicada a las ollas rápidas que por aquél entonces causaban furor, eran como las Thermomixes de ahora) o Viajando (ese estribillo lo ha cantado toda España e Hispanoamérica: Viajando.... Me paso el día viajando... y los vecinos mientras tanto, no paran de procrear).

Luego se hicieron más comerciales y se dejaron llevar por las multinacionales. Cambió el nombre del grupo, pasó a llamarse Antártida y Desparrama, pero lo siguieron petando con canciones emblemáticas: A Quién le Incumbe, Ni tu ni Barbie, Como Pudiste Fastidiarme Tú Así o Perlas Inesperadas.

Antártida incluso hizo sus pinitos en el cine con una película de culto que se llamaba Pelvis, Cursi y Ron y Otras Chicas Sin Condón. Fue una revolución esa película: rompedora, transgresora, adelantada a su tiempo. Había una escena que nunca olvidaré, cuando Antártida permea a una monstrua de nuestro cine patrio, Chus Maleable. ¡Que actoraza Chus! ¡Que graciosísima que era la jodía! Para mí, la escena más escatológica y rotunda del cine español.

El director, Pedro Almanzora, que en aquel momento no lo conocía nadie salvo su madre (un referente en toda su filmografía) y la fauna nocturna más irreverente del Madrid de los 80, llegó a hacerse el director de cine más famoso de España. Incluso consiguió un Premio Ostras de Hollywood a la mejor película extranjera por su película "Todo sobre mi mami" (ya os digo, un referente en toda su producción cinematográfica). Fue todo un espectáculo cuando le dieron el Ostras. Lo presentaron dos de nuestros mejores actores nacionales. Aquí los organizadores tuvieron mucha intuición. Eligiendo a dos actores españoles, nadie sospecharía para quién iba a ir el Ostras. Las dos estrellas de nuestro cine patrio elegidas por el comité de los Ostras para

dar el premio eran, ni más ni menos, que Penélope Club y Antonio Palmeras.

¡Qué momento emitido a todo el mundo!

Penélope se puso a dar saltos de alegría cuando dio el nombre del ganador: ¡¡¡PEDRO!!! ¡¡¡PEDRO!!! Normal, fue toda una sorpresa y le embargó una felicidad incontrolable. El problema fue que Penélope llevaba un traje con escote «te lo juro por Snoopy» (también lo llaman palabra de honor) que no le apretaba apenas. Y con los saltos que estaba dando se le salió todo. Antonio intentó ayudarla a taparse, pero con la mala suerte que se le cayó la estatuilla de las manos y, al agacharse a recogerla, se dio con el atril en la cabeza, perdió el conocimiento y entró en parada cardiorrespiratoria. Penélope, que por lo visto tenía hechos todos los cursillos de primeros auxilios de cuando era socorrista en la piscina municipal de su barrio (Alcobendas), percatándose de la extrema gravedad de la situación, ni corta ni perezosa, con el traje ya por las rodillas, se puso a hacerle el boca a boca y masaje cardíaco.

Se hizo un silencio sepulcral durante unos minutos en el auditorio, con Penélope bamboleándole todo mientras luchaba por salvarle la vida a su compañero. Muchas actrices y actores famosos estaban llorando desconsolados temiéndose el peor desenlace. Las cámaras iban pasando de unos a otros, rostros demudados, en pánico, hasta que, de repente, gracias a la pericia en maniobras de reanimación de Penélope, Antonio volvió a la vida, entre bocanadas y salivajos con esa frase mítica que pasó a la historia...

*And the Ostras goes to...*

*Qué momento de angustia planetaria. Al final todo volvió a su sitio (incluso el traje de Penélope), Antonio se recuperó rápidamente y Pedro Almanzora nos regaló su discurso, entrañable, muy cortito pero emocionante, dando las gracias a todas las personas, tanto santificadas ya como aún por santificar, que le habían llevado a la cumbre de la cinematografía mundial.*]

Disculpad de nuevo, que me vengo arriba recordando momentos históricos de mi generación. El hotel lo pillé cerca del parque del Retiro, por lo que os comentaba antes de irme con una barquita y relajarme. Un hotel normalito, de tres estrellas, para seguir de incógnito, que a los famosos de todo tipo les encanta ir a hoteles supercaros, pedirse las suites más grandes y hacer peticiones de lo más aberrantes, cuando no de destrozar las habitaciones y desquiciar al servicio de seguridad. Yo no soy así, soy discreto, como lo he sido toda mi vida y no me voy a convertir ahora en uno de esos famosos petulantes. El dinero no lo es todo.

Una vez llegué a mi habitación, me di un baño. Me encanta llenar la bañera cuando voy de viaje. En casa mi chiqui no me deja, está muy concienciada con la sequía. Yo también lo estoy, pero solo para red local de agua de Córdoba, la extranjera no me importa tanto derrocharla, la verdad. Y con el agua hasta arriba, que parecía una tortuga con todo el cuerpo debajo del agua espumosa y solo aparecía la nariz para respirar, empecé a pensar de nuevo en la fascinante historia de María Purísima. No se me iba de la cabeza ni su pasión por los clásicos, ni su artística forma de lidiar los problemillas derivados de su mutación. De hecho, pensé que lo mismo podía intentar algo parecido con mi chiqui. Nos podíamos pintar los temas el uno al otro como preámbulo amoroso. Si ahora están de moda los geles de colores y sabores Durex, lo mismo nosotros innovábamos el mercado con acuarelas Blandex. La acuarela es mucho más agradecida que el óleo, se quita con agua, Dios me libre de plantearle a mi chiqui hacernos un harakiri sexual con pintura al óleo y quitarla luego con aguarrás. En esas estaba, que decidí vestirme y cambiar la navegación lacustre en el Retiro por una visita al Museo del Prado y ver algunas de las pinturas originales que ponían como una moto a María Purísima.

Aunque podía haber ido andando (era un paseo de poco más de quince minutos desde mi hotel al Museo del Prado), decidí ir en taxi para aprovechar al máximo el tiempo viendo cuadros y disfrutar de la Pinacoteca Nacional. Paré un taxi y al entrar vi, no sin cierto desagrado, que estaba lleno de banderitas de España y de fotos de Franco.

[Nota *informativa*, *deferencia* del autor:

Francisco Franco Bahamonde, dictador español entre 1936 y 1975, para conocimiento de aquellos que no vivieron la dictadura y no la estudian en el instituto.]

Cuando el taxista me preguntó la dirección le respondí «Al Prado» y este se volvió y me echó una sonrisa diciendo:

—¡Uno de los míos! Bienvenido a mi taxi caballero. Volando lo llevo ahora mismo a ese templo de Nuestra Nación Grande y Libre.

Me quedé un poco pillado con eso de uno de los míos, no entendí a qué se refería. El taxista empezó a decirme que ya apenas había nadie que quisiera visitarlo, que para él era un privilegio llevar a uno de los suyos a la cuna de la más sublime historia de España... Yo estaba cada vez más confundido, empecé a inquietarme. ¿Qué estupidez era eso de uno de los suyos? ¿A qué cuna de la Historia de España se refería este tipo, que tenía pinta de todo menos de experto en nuestro pasado nacional?

—¡Con su permiso, le pongo nuestra banda sonora!

Le da al botón del CD y ¡¡¡empieza a sonar el himno de *Encara al Gol*!!! Aquí ya me empecé a asustar, pensé que me había subido al taxi de un demente y que me podía pasar cualquier cosa. Le pedí por favor que quitase la música y que parase que quería bajarme, pero tenía el *Encara al Gol* a un volumen tan alto que no me escuchaba. El tío iba cantando la canción a toda voz, soltando el volante y poniendo el brazo derecho todo tieso. Entré en pánico y me puse a gritarle que parase de una vez. El demente se pensó que yo también estaba cantando la copla y se puso a cantarla aún más alto, subió el volumen al máximo y con la mano izquierda (la derecha la seguía teniendo toda estirada) va y saca una bandera de España de debajo de su asiento y se pone a ondearla por la ventanilla.

¡No podía creerlo! ¡Con una mano ondeaba una bandera, con la otra hacía el saludo fascista y el cafre movía el volante con la pierna! ¡Nos íbamos a matar, me faltaba el aire, íbamos a estrellarnos! Además… ¿Dónde hostias me estaba llevando? ¡Si el Museo del Prado estaba muy cerca del hotel! Pensaba que me iba a dar un infarto, convencido que me iba a secuestrar, violar, descuartizar o todo a la vez, cuando la bestia parda esa detiene el taxi delante de una casona en mitad de la nada, apaga el reproductor de CDs y me dice:

—Su destino Caballero. Un placer haberle traído en mi taxi.

Intentando recuperarme de esos momentos de pánico, al borde del desmayo le grité:

—¡¿Pero dónde cojones me has traído so cabestro?!

El tío se quedó parado, empezó a ponerse colorado y chillándome (qué miedo tenía os lo juro, me estaba cagando encima del pánico que tenía) me responde:

—¿Pues donde le voy a traer? ¡Donde me ha pedido! ¡Al Palacio del Pardo, la residencia de nuestro caudillo el Generalísimo don Francisco Franco Bahamonde!

—¡EL PRADO neandertal! —le grité— ¡EL PRADO, EL MUSEO DEL PRADO! ¿Quién carajo en su sano juicio va a querer venir a este antro prehistórico?

Ahí que el tío abre la puerta fuera de sí, se va para mí resoplando, enrollando la bandera con ambas manos. Me dije «Garbi, aquí acaba tu camino, vas a morir empalado como las víctimas del conde Drácula, pero a manos del fan número uno del monohuevo». Siempre ha corrido el rumor en España de que Franco tenía un solo testículo, no solo porque únicamente tuvo una hija, sino también por la voz de *castrati* cuando daba discursos. Pensé lo triste que sería morir lejos de mi chiqui, mis dos hijos naturales y mi erizo adoptado.

En un momento póstumo de iluminación, posiblemente porque me había transmutado en un saquito de adrenalina pura, salté del asiento de atrás al del conductor, y aprovechando que el motor aún estaba en marcha, metí primera y pisé a fondo el acelerador. El ornitorrinco hermafrodita, que justo estaba abriendo la puerta del acompañante, se aferró al asiento mientras yo aceleraba, a la vez que me chillaba que parase el taxi.

No le hice ni caso, aceleré aún más y ya convertido en un potencial asesino en serie de una sola víctima, me dirigí a toda velocidad hacia una de las dos garitas que flanquean la entrada del Palacio del Pardo.

No sé qué pasó después. Solo escuché un ruido enorme, la puerta del acompañante ya no estaba, el cabestro tampoco, sonaba de nuevo el *Encara al Gol* (se había activado el reproductor de CDs con el golpe) y a mí se me iba a salir la uretra por la boca de las palpitaciones. Di la vuelta sin mirar atrás y enfilé por la misma carretera por la que habíamos llegado. Estaba a punto de desmayarme cuando, de pronto, vi algo moverse sobre el salpicadero. ¡Allí había una mano frenética! Era como una secuencia de la Familia Adams, solo que en la peli la mano andaba como una araña bocabajo y la del salpicadero estaba bocarriba como si estuviera pidiendo limosna. ¡Joder, ¿pero no podía parar ya esta paranoia, por favor?! Le di un manotazo —¡Quita bicho!—, salió disparada por el hueco de la puerta del acompañante y seguí concentrado en la conducción, que no quería matarme en un accidente de tráfico, ahora que había burlado de chiripa ser la última víctima franquista documentada de la Historia de España.

La carretera que había tomado me llevaba de vuelta a Madrid pero, en cuanto pasé por una estación de servicio, metí el taxi en el último aparcamiento junto a una pared, para que no se viese el hueco de la puerta. Estaba temblando como un flan. Se me caían los mocos, lo mismo había estado llorando y ni me di cuenta. Intenté ver si el cruce entre asno y ñu tenía en la guantera toallitas, kleenex o lija, lo que fuera para limpiarme. Solo encontré una botella de Ponche Caballero, pero el licor me salvó de que se me reventase la aorta allí mismo. Le di un trago larguísimo y conseguí calmarme un poco. Ni malo que está el Ponche ese, no me extraña que el alacrán facha estuviera pirado bebiendo esa mierda.

Salí del taxi y me alejé de allí andando por el arcén. Al poco tiempo encontré una parada de autobús interurbano. Me senté en los asientos, temblando aún. Gracias a Dios no había nadie más esperando, que no quería cruzarme con ningún humano más a solas. A los pocos minutos paró un autobús (oye..., que bien que funciona en la capital la red interurbana de transporte público). Pagué al conductor y le pregunté hacia donde iba el autobús, que era andaluz y andaba despistao lejos de mi tierra. Me respondió que iba hasta el centro de Madrid y que la última parada era el Museo del Prado. Me entraron palpitaciones de nuevo, le pedí que me confirmase por escrito que íbamos al PRADO y no al PARDO, de emparanoiao que estaba ya. El conductor se me quedó mirando como si fuera bobo. Me dijo que sí, que claro que iba al Prado y que mejor me sentase que me veía como muy alterado. Alterado dice..., ¡ALTERADO! ¡Hay que joderse!

*[Guiño aquí a mi coetáneo Pérez Gellida, ¡monstruo!]*

# CAPÍTULO 8
## Píntame, me dijiste píntame,
## píntame por el camino
## y agarrado a tu cintura te pinté
## to la parte del chomi

(No puedo acabar la estrofa por estar escribiendo este capítulo en horario infantil)

> [*Nota informativa, deferencia del autor:*
> *Estribillo de una de las sevillanas más famosas de la tonadillera libanesa, afincada en la capital hispalense, María del Monje*]

El autobús se detuvo en la última parada, frente al Prado, frente al Prado de verdad. Yo estaba medio ido, ni me di cuenta de que toda la gente se había bajado ya. El conductor me estaba zarandeando, mirándome con cara de hastío. Seguro que hacía muchos turnos de noche y estaba acostumbrado a bregar con borrachuzos saliendo de *afters*, parejas intercambiando células germinales, o individuos catatónicos por sobredosis de pastillas de colores. El conductor fue muy amable, esperó a que me espabilase y me ayudó a bajar del autobús, no sin antes recomendarme que me fuera a casa a descansar, que lo mismo me había sentado mal lo que había comido. En ese momento me di cuenta de que no había comido nada ni en el AVE, abducido por María Purísima, ni en el hotel, ni por supuesto durante la experiencia 4D (Demencial, Distópica, Diarreica, Dictatorial) que acababa de vivir.

No me compliqué, crucé la avenida y me fui al Restaurante el Prado, enfrente del Museo del Prado (como su propio nombre indica), no tenía pérdida. Aún así, miré varias veces el rótulo de la entrada para confirmar, que no quería equivocarme otra vez y fuese Restaurante el Pardo. Entré al restaurante con precaución (con miedo, vamos), no fuera una franquicia de la cadena del chino facha de Usera que sale en la tele. Que ya le vale al chino, venir a España y montar un bar mausoleo de Franco. Lo que inventan los asiáticos con tal vender. Si a uno de Lepe se le ocurre abrir un garito para honrar a Maosetun en Pekín, se lo llevan a la Plaza de Tianamen y le hacen pasar por encima todos los tanques del ejército chino, el tren bala japonés, el transiberiano ruso y el trenecito ese que te sube a Machupichu (Monte Sagrado de la comunidad lapona de Tasmania del Sur).

Me senté en una mesa al fondo de la sala, justo enfrente de una televisión de plasma enorme. Al momento se me acercó la camarera y me preguntó qué quería tomar. Le pedí un plato de callos, un bocadillo de calamares y siete cañas. Tenía que quitarme el susto de encima, no me fuera encima a dar una bajada de tensión por hipotermia. Mientras ella se volvía a la barra para entregar la comanda, yo intenté distraerme mirando la pantalla. Y, de pronto, me vi teletransportado de vuelta al Pardo. ¡Dios! ¿Esto no iba a acabar nunca? En la tele estaban echando las noticias de TeleMadrid, que en ese momento mostraban una imagen de la entrada del Palacio del Pardo, rodeada de coches de Policía, ambulancias, bomberos, protección civil, y varias unidades de élite de la recientemente creada Brigada Motorizada en Patinete de la Guardia Civil.

Volví a perder la noción del tiempo. Imagino que es una respuesta defensiva del cerebro ante situaciones de estrés extremo. Para cuando retomé la conciencia, tenía delante los callos y cuatro cañas. La camarera me preguntó que, si me parecía bien, cuando terminase el primer plato, me traía las otras tres cañas y el bocata de calamares. Le dije que sí, que perfecto maja. Le pedí también mayonesa para el bocata. Me encanta la mayonesa, pero de forma honesta y transparente, no como al padre de María Purísima. Me bebí las dos primeras cañas del tirón, mientras el pánico se volvía a apoderar de mí escuchando las noticias. El encargado del operativo, un guardia civil muy apuesto, montado en su patinete, daba detalles sobre el incidente que había ocurrido en el Palacio del Pardo unas horas antes. Al parecer, una persona había aparecido con una mano decapitada, sangrando y desorientado, gritando que un andaluz le había robado su taxi y que Franco iba a crucificarlo en el Valle de los Caídos. Los paramédicos le estaban inyectando en ese momento ansiolíticos de parafarmacia (por algo son paramédicos), mientras que la también recientemente creada Unidad Canina Subacuática Aerotransportada de los GEO, con sus galgos rescatados de cazadores sin escrúpulos, perseguía la mano del interfecto, que se veía al fondo del plano televisivo corriendo igual de rápido que la mano de la Familia Adams.

A la pregunta del periodista sobre si se le daba credibilidad a lo que gritaba la víctima, el fornido número de la benemérita comentaba que tendrían que esperar a estabilizarle el muñón, a que se calmase para tomarle declaración oficial y a los resultados de los análisis toxicológicos. Por lo visto, al registrar al manco en busca de documentación para identificarlo, habían encontrado un ticket del Mercadona con una compra de varias botellas de Ponche Caballero y, por tanto, se sospechaba que el hombre pudiera estar bajo el efecto de sustancias psicotrópicas. En ese momento no podían descartar ninguna hipótesis, incluida la de enajenación menstrual transitoria, intento de autolesión por cortocircuito o, incluso, reencarnación del Generalísimo.

*[¡Joder! Con las ganas que había llegado yo a Madrid, la ilusión que me hacía la entrevista con Carlos Cansina en Onda Cero, y ahora estaba deseando volver a mi casa, coger mi erizo y meterme en la cama una semana, acurrucados, para olvidar mi paso por la ciudad condal (también lo hubiera hecho con mi chiqui, pero es que no quiero que falte al trabajo por mi culpa).]*

Con esas noticias me tranquilicé un poco pensando que lo más probable es que dieran por loco al engendro del taxi y no investigasen más en profundidad sobre la implicación de terceras personas. Bueno, segundas personas, porque la historia fue solo entre él y yo, a no ser que ya contemos la mano como entidad independiente, visto que los galgos no eran capaces de echarle la pata.

Levanté la mano para llamar a la camarera, que en ese momento estaba hablando por el móvil. De repente, se quitó el delantal de un manotazo, lo tiró al suelo, le dijo algo rápido a su compañero con muchos aspavientos y salió disparada del bar, con la cara desencajada y más blanca que Michael Jackson recién levantado.

*[Nota informativa, deferencia del autor:*

*Quizás no sepáis que Michael Jackson estaba aquejado de una enfermedad rara. Por las mañanas se levantaba albino, pero con el transcurso de las horas conforme le daba la luz se iba volviendo más y más oscuro y se acostaba más negro que el famoso escritor, anteriormente mencionado, Morgan Freeman. Creo que esa fue la causa de su fallecimiento, no pudo soportar el dejavú cromático circadiano.]*

Le hice señas entonces al camarero, quién me indicó, también por señas, que me atendía en un segundo. Al cabo de unos minutos se acercó a la mesa trayéndome el bocata de calamares y las tres cañas que me quedaban. Tuve que pedirle la mayonesa de nuevo. Se disculpó por la tardanza, aduciendo que su compañera había recibido una llamada urgente de la Policía, avisando que su padrastro por parte de madre se había visto involucrado en el altercado del Palacio del Pardo que estaban dando en las noticias y que la requerían para una ronda de identificación manual. Por lo visto, los galgos habían encontrado varias manos en la zona aledaña al Palacio del Prado, de ahí que la ronda de identificación fuera manual y no automática, como son normalmente.

De nuevo, volví a inquietarme pensando que la camarera pudiera, de alguna forma, establecer conexión entre la mano corredora, su padrastro y el encantador cliente que se había pedido siete cañas en su restaurante. Me zampé el bocata en tres bocados, me bebí las birras del tirón para bajarlo, que no veas como engoñipa un bocata de calamares cuando vas con prisa, y le pagué al camarero. El pobre no daba abasto con la clientela él solo y se estaba cagando en la mano (no en la suya, que una la tenía ocupada con la bandeja y la otra con el datáfono, sino en la del padrastro por parte de madre de su compañera).

A la salida del restaurante, reconfortado ya por la ingesta y por las cañitas que me sentaron fenómeno, pero a la vez inquieto por si la Policía tiraba del hilo, decidí intentar tranquilizarme haciendo lo que había previsto cuando cometí el error vital de parar el taxi del Belcebú empastillao: ir al Museo del Prado. Crucé la avenida, que curiosamente se llama Paseo del Prado (en esa zona de Madrid se ve que se curran tela los nombres de los museos, de los bares y de las calles), y me planté en la taquilla. El señor que me atendió me avisó que pronto cerrarían, que lo mismo me convenía más volver al día siguiente tempranito y aprovechar. Y mira... hartito de día como estaba ya, no pude evitar tirarme la vacilá de decirle que al día siguiente no podía, porque me entrevistaba Carlos Cansina en su programa matinal de Onda Cero. Que era el autor del libro que estaba arrasando en todas las librerías, el del erizo en la portada. El taquillero me miró y me dijo:

—Pues que le vaya bien la entrevista y las ventas del libro, caballero. Yo, ahora cuando cierre la taquilla, he quedado con la Kardasian para tomarnos unos churros con chocolate y luego lo que se tercie. Por si acaso, yo he echado unos preservativos, que estas cosas se sabe cómo empiezan pero nunca como acaban.

¡Touché! Tentado estuve de preguntarle cuantos preservativos había echado, que hay trenes que solo pasan una vez en la vida. Pero decidí que se había ganado a pulso disfrutar de su momento de gloria y no quise enzarzarme en otra refriega, bastante había tenido ya ese día. Tenía que reconocerle que había tenido una réplica elegante a mi chulería, con su justo toque de ironía, así que lo dejé pasar. Sonreí al taquillero, reconociendo su valía y aceptando la derrota en buena lid. Había ganado la batalla (dialéctica), no así la guerra, que la guerra se la ganaría yo al día siguiente cuando escuchase la radio y se diera cuenta que había dejado pasar la oportunidad de hacerse amigo del escritor más famoso del mundo, con permiso de Morgan Freeman. Ni una orgía con todas las hermanas Kardasian (son tres docenas creo) compensaría semejante error. Le dejé cinco euros de propina cuando pagué la entrada.

Como iba con el tiempo justo, decidí ir directamente a admirar el cuadro que más excitaba a María Purísima: *La Fragua de Vulcano*, de Diego Velázquez. La verdad que es un cuadro espectacular, no me extraña que María Purísima se pusiera como una moto con él. Había un banco justo delante del cuadro, para que la gente se sentase y lo disfrutase con calma. Aproveché que a esa hora solo había una persona sentada, un señor mayor con gabardina, y me coloqué al otro lado del banco. Supongo que la tranquilidad que me transmitía el cuadro junto al hecho de que, por la hora, apenas quedaba gente ya en la sala, hicieron que me relajase plenamente, tras vivir el día más bizarro de toda mi existencia.

Recordar todo lo que había pasado, desde que conocí a María Purísima y cambiar mi idea primigenia de remar en el Retiro por ir al Museo del Prado, hasta finalmente sentarme frente a *La Fragua de Vulcano*, hizo que se me saltaran las lágrimas. Imagino que era mi forma de liberar la tensión, después de haber rozado la muerte a manos de un mandril esquizofrénico. Quizás estaba liberando tensión y lágrimas más de la cuenta, porque el señor que estaba sentado al otro lado del banco se me arrimó y me preguntó:

—Usted también se ha enamorado de ella, ¿verdad, joven?

*[Joder, joder, joder... pero, ¿qué pasa en la ciudad condal? ¿Es que hay una convención nacional de frikis y los han soltado un rato? ¿O es que yo tengo un imán especial para pirados? Por favor..., que ya tenía cubierto el cupo de paranoias para ese día, un respiro por el amor de Dios.]*

Quise mantener la entereza y ser respetuoso con una persona de la tercera edad y amablemente, hastiado más bien, le respondí:

—¿Disculpe? No sé qué quiere decir. Yo ya vengo enamorado de Córdoba, que allí tengo a mi chiqui.

—No me entiendes hijo —respondió—, te pregunto si te has enamorado de María Purísima.

No podía ser… En ese momento, me di cuenta de que la única explicación a lo que me estaba pasando es que estaba teniendo una pesadilla y nada de lo que estaba ocurriendo era verdad. Seguro que no me habían sentado bien los caracoles gordos en salsa que me había zampado la noche antes de coger el AVE y que, de un momento a otro, me despertaría en la barca del laguito del Parque del Retiro.

*[Nota informativa, con clara intención de fomentar el turismo en mi ciudad natal:*

*Los caracoles en Córdoba son un Festival. Montan decenas de puestos en distintas plazas de la ciudad y la gente se pone de este delicioso gasterópodo hasta las trancas. Tenemos los caracoles chicos, con su caldito de hierbabuena, y los caracoles gordos, con su salsa más espesa para mojar barquitos de pan. De escándalo. Ahora, siguiendo la tendencia gastronómica global, los vendedores de caracoles quieren innovar y están ofreciendo caracoles con distintas salsas y sabores, algunas de lo más internacional. Aunque, para un caracolero purista como yo, estas innovaciones salseras son inaceptables: barbacoa (USA); ensaladilla (Rusia); carbonara y pesto (Italia); tabasco y ayahuasca*

(México Lindo); chocolate (Suiza y Marruecos, distintas variedades); gaucha (Argentina); petróleo (Arabia Saudí); tártara (Tartaria, el país de los dulces).

Haced caso de este Embajador Honorario de Córdoba. Los mejores caracoles, los de siempre: los chicos en vaso de caña y con caldo de hierbabuena hasta arriba; los gordos con la salsa espesita y media telera de pan pa rebañar. Recuerdo que una vez vino de Erasmus una chapista de Suiza y los del taller nos la llevamos de caracoles. Como se puso la gachona. Le encantaron. Sobre todo le *flipó* la especialidad arábica, que por algo trabajaba en el ramo de la automoción en Estocolmo.]

Vale, retomo que me voy por las ramas. No obstante, recordad que esto de las notas informativas son un recurso literario, personal e intransferible.

Me pellizqué varias veces para salir de la pesadilla que me tenía prisionero, pero no… los pellizcos me dolían como un demonio y no lograba salir de la realidad en la que estaba inmerso. Lo peor fue cuando el amable anciano, viendo que me estaba pellizcando como un cosaco, se puso de pie para intentar calmarme. Y en esto que estando frente a mí para tranquilizarme, se le abrió la gabardina. Y ahí ya me rompí del todo… ¿¡Pero qué tenía esa criatura en la entrepierna!? Si ya era aberrante que ese tío, que no había visto en mi vida, me preguntase si me había enamorado de María Purísima (¿cómo podía saber que la había conocido ese mismo día?,) lo de su entrepierna pasaba a ser demencia sideral. ¡Tenía un paquete como la cabeza de un niño de cinco años! Decidí que no iba a luchar más, estaba escrito que no sobreviviría al día siguiente. Me abandonaba sin rencor a la apoplejía que crecía dentro de mí y, en silencio, agradecí a la vida el haberme dado la oportunidad de compartirla con mi chiqui, mis dos ratones y mi erizo. El amable anciano me zarandeaba adelante y atrás. Cada vez que iba para adelante yo pensaba que me iba a escalabrar contra su bulto. Finalmente paró de sacudirme.

—¿Te encuentras mejor hijo? Que ha sido nombrarte a María Purísima y te has quedado paralizado, sin reaccionar. La conoces ¿verdad?

—Sí, la conozco —acerté a balbucear— y, por favor, máteme ya de una vez que llevo un día muy malo y no tengo más ganas de bregar.

—¡Pero qué matar ni qué matar, tontaina! Lo que tienes es que tranquilizarte de una vez, que estás muy nervioso. Anda venga, cálmate.

—Le agradezco su gentileza señor —le respondí—, pero ayudaría mucho a conseguir lo que me propone si se pudiera cerrar usted la gabardina.

Incluso en la antesala de la muerte, mi innato talento literario afloró, haciendo mío el aforismo polaco de aquel antiguo catequista arrepentido:

—¡Señor, aparta de mí este cáliz! —conseguí exclamar en las postrimerías mi estertor.

—¡Pero que cáliz ni que pollas, hombre! —replicó el anciano.

—Pues eso, señor, ya que amablemente la menciona usted, haga el favor de abrocharse la gabardina y taparse el cáliz, la polla o lo que quiera que tenga usted ahí.

En ese momento, el anciano superdotado pareció comprender el origen de mi desasosiego, se le suavizó el rostro y, esbozando una enigmática sonrisa, se sentó a mi lado y me dijo:

—Déjame que te explique, ¿vale? Te tranquilizas, te calmas y te cuento tranquilamente la historia de mi bulto.

Total, me quedaban solo unos minutos de vida, igual me daba escuchar otra paranoia más antes de encomendarme al Altísimo. Y entonces, Ernesto, que así se llamaba el hombre-potro, me contó que él había sido aprendiz, hacía décadas, en el taller de María Purísima cuando ella era restauradora jefa de cuadros de desnudos del Museo del Prado. Y que, en el sótano del museo, donde estaban los talleres, dieron rienda suelta a sus más bajos instintos pictóricos cada vez que les llegaba un nuevo cuadro de desnudos para restaurar.

Su primer encuentro fue cuando recibieron en el taller un famoso lienzo de Tiziano: *Dánae recibiendo la lluvia de oro.* Con ese nombre, la catástrofe estaba servida, pues inducía a la restauradora jefa y a su avanzado pupilo a abandonarse a prácticas sexuales no tradicionales, que involucraban fluidos igualmente no tradicionales.

[*Años después, este cuadro inspiró al laureado regidor cinematográfico Pedro Almanzora la escena más famosa de su ópera prima Pelvis, Cursi y Ron y Otras Chicas Sin Condón, anteriormente mencionada.*]

Ernesto me dijo que aquella primera vez se quedó de piedra cuando, tras desembalar juntos el cuadro, María Purísima puso los ojos en blanco y comenzó a jadear al contemplarlo. Pensó Ernesto que la jefa estaba poseída y decidió ir corriendo a pedir ayuda a un conserje que había hecho un curso CCC de exorcismo. Pero no le dio tiempo, no. María Purísima se le echó encima y le bajó los pantalones y calzoncillos, inmovilizándolo en la clásica maniobra antiescapista del pingüino. Entre tanto, ella se abrió la bata, se bajó falda y las enaguas, agarro la brocha más gorda que tenían en el taller, la sumergió en un bote de pintura naranja (siempre usaba ese color desde que se excitó por primera vez con el cuadro de *Naranjas y Limones* de don Julio Romero) y empezó a darse tales friegas en su tema y en el tema de Ernesto, que ríete tú de las que nos dábamos nosotros de chicos con el Vips Vaporub. Ambos llegaron al orgasmo pictórico de forma simultánea, él mucho antes por la sorpresa (*ejaculatio precochi pictori classichi*), ella bastante después por la amplia experiencia previa.

Ernesto no podía disimular la felicidad en su rostro al recordar su bautizo de fuego. Y nunca mejor dicho, porque cuando vio que María Purísima se empezaba a limpiar el trastevere con aguarrás puro, ni corto ni perezoso él también se echó medio bote del disolvente en el parachoques delantero. El anciano tuvo un ligero espasmo cuando me refirió el dolor insufrible que experimentó. Creía que se había cauterizado la pene y zonas aledañas, del dolor infinito que sintió, no solo en ese momento postcoital, sino en las semanas subsiguientes de recuperación a escondidas. Porque para evitar la vergüenza de acudir a un centro hospitalario y que se supiera la que se había autoinfligido en la zona prepuberal, decidió acometer una estrategia curativa autodidacta consistente en injertos de tocino de jamón ibérico. Finalmente, las heridas cicatrizaron y al cabo de unos meses volvió al museo. Eso sí, andando durante una temporada como John Wayne con almorranas.

Durante el postoperatorio, María Purísima estuvo pendiente de las curas de su amado. Ella aprovechaba las cortezas del tocino usadas y se hacía bocatas para los descansos en el taller. Y así, entre cura y cura, le fue explicando a su amado el origen de su pasión por los clásicos (ya glosada con desbordante maestría en el capítulo 6). Una vez recuperado, ambos retomaron sus prácticas amatorias siempre disparadas por los lienzos de desnudos que les asignaban para restaurar.

Ernesto, sabiendo que ya nunca podría aplicarse más aguarrás en sus partes, ideó una ingeniosa alternativa para seguir untándose pintura naranja en los bajos sin que tocase la piel cicatrizada con injertos porcinos. Su compañero de piso era enfermero en la antigua Ciudad Sanitaria Francisco Franco (cagoenel-Generalísimoquediamadaoelcabrito) y le proporcionó de forma continuada paños verdes de esos que usan en los quirófanos para las operaciones de fimosis. Así que, cada vez que entraban en frenesí pictórico, él se ataba el paño a la cintura, sacaba el agapornis por el agujero, se lo tapaba con un preservativo de croché y al tema que te quema con María Purísima. Tras la refriega, no tenía más que retirar el paño y salía todo de una pieza: pintura, croché y, a veces, restos de tocino de los injertos.

*[Nota aclaratoria, deferencia del autor para aquellos lectores que desconozcan el término fimosis:*

*En la inmensa mayoría de los casos es una intervención quirúrgica de cirugía menor ambulatoria que permite al agapornis asomar la cabecita del nido. En aquellos casos más agraciados, la cirugía es mayor y ha de realizarse en instalaciones adecuadas con instrumental y personal especializado, normalmente estudios de cine X. Y únicamente en casos muy muy excepcionales, la operación es de envergadura y requiere la asistencia de personal cualificado de la Yeguada Militar con titulación de Mamporrero Real del Estado.]*

Desgraciadamente, la alegría de esta perspicaz solución de paños quirúrgicos con abertura circular no duró mucho tiempo. María Purísima aceptó una oferta para cubrir el puesto de restauradora jefa en la Teta Gallery de Londres y Ernesto no pudo seguirla porque tenía que cuidar a su anciana madre (era hijo único, no había otro igual). Sabedores ambos que María Purísima no podría mantener el celibato artístico debido a su rara mutación, decidieron separarse de mutuo acuerdo. María Purísima culminó una exitosa vida restaurando cuadros de desnudos en los mejores museos del mundo e impregnando las entrepiernas de los ayudantes que le asistían. Por el contrario, Ernesto, roto por la pena, decidió refugiarse en el mismo celibato del que hizo gala su madre, que jamás conoció varón. Y para alejar la tentación de serle infiel a María Purísima, cada vez que restauraba un cuadro, él se aplicaba una capa de pintura naranja en el último paño quirúrgico que usó con su amada. La solidificación de las sucesivas capas de pintura, aplicadas a lo largo de las últimas décadas, dieron lugar al descomunal volumen del peculiar cinturón de castidad que resignadamente llevaba don Ernesto bajo la gabardina desde que se separó de su amada.

Tan entrañable historia de amor me devastó, me devolvió la fe en la humanidad, después de haberla perdido por la mañana con el taxista del averno. Me dije que era la segunda historia de amor más bonita del mundo (la primera: la mía con mi chiqui) y que estaba decidido a escribir un libro sobre ella. Estaba por desvelarle mi identidad literaria a Ernesto cuando, en estas, apareció el taquillero pidiéndonos que desalojásemos la sala, que el museo cerraba. El anciano y yo nos levantamos (afortunadamente se había cerrado de nuevo la gabardina) y nos dirigimos a la salida, no sin antes yo desearle lo mejor al taquillero, primero con los churros y luego con la churra. Ya en la salida me preguntó Ernesto:

—Entonces hijo, ¿la conociste? ¿Te enamoraste?

—La he conocido esta mañana Ernesto, fue mi compañera de asiento en el AVE desde Córdoba. Y aunque estaba de buen ver para su edad, no me he enamorado de ella. Yo soy hombre de una sola mujer.

—Eres un hombre afortunado entonces. ¿Cómo te llamas, que no me lo has dicho?

—Garbi, Ernesto, me llamo Garbi.

—Que nombre más rarito, hijo.

—Si mañana escuchas en Onda Cero el programa de Carlos Cansina, sabrás porque me llamo así.

—Me dejas intrigado, chaval… Con ese nombre cualquiera diría que eres el autor de ese libro del que todo el mundo habla.

Esbozando una sonrisa le di un largo abrazo, notando su paquete contra el mío, este último mucho más discreto en cuanto a tamaño, pero compensado con creces por su mayor funcionalidad y carisma. Le di las gracias por haberme traído de vuelta a la vida, después de asomarme al precipicio ese día. Me quedé mirando a Ernesto mientras caminaba cabizbajo de vuelta a su casa, recordando de nuevo a María Purísima, y me prometí a mí mismo que tenía que escribir sobre esa increíble historia de amor para que todo el mundo la conociese. Volví andando a mi hotel, que curiosamente se llamaba Hotel El Prado. Lo dicho, por esa zona eran de lo más imaginativos para los nombres.

Llegué a mi habitación, me puse rápidamente el pijama, me metí en la cama y programé la alarma del móvil a las 6 de la mañana. Le mande un WhatsApp a Carlos para pedirle que su chófer me recogiese a las 7:30 en la puerta de otro hotel a unos quinientos metros del mío. Era una sagaz estrategia de despiste, para evitar que nadie me identificase y seguir en mi feliz autoimpuesto anonimato. Le mandé otro WhatsApp a mi chiqui con tres iconos de carita sonriente con corazones y cerré los ojos pensando que había sido el día más extraño de toda mi existencia. Me quedé dormido de puro agotamiento, no sin antes notar un cierto vaho a aguarrás flotando en la habitación.

# CAPÍTULO 9
## El sexto día Dios creó al hombre y a la mujer. Pero el segundo día, el tío ya se había currado la ionosfera

Aunque había puesto la alarma del móvil a las seis, desde las cinco estaba despierto. No podía dominar la excitación de conocer a Carlos Cansina y ser entrevistado en su programa de referencia mundial *Más de un Tuno.* Aparte de la excitación de haber vivido el día más estrambótico de mi existencia unas horas antes. Encendí la luz y pensé que iba a ahorrar agua. No me iba a bañar esta vez. Incluso pensé en no ducharme, pero en cuanto levanté un pelín la sobaca me convencí de que mínimo una ducha tenía que darme. No reparé que el día anterior, con todo lo acontecido, había sudado más que Lawrence de Arabia con un traje de neopreno. Me di una ducha rápida y me senté medio mojado en la cama con intención de ver las noticias matinales. Sin embargo, mi sexto sentido literario reparó en el ejemplar de la *Biblia*, cortesía hotelera obligatoria, que había en la mesilla. Anoche ni la vi de cansado que llegué.

> [Nota informativa, deferencia del autor:
>
> España, junto a los Estados Unidos de USA, es el único país donde aún se mantiene esta práctica milenaria de tener una Biblia en cada habitación de hotel para recogimiento de los clientes. En nuestro caso es obligatorio por un antiguo decreto ley de 1948, aún vigente, aunque nuestro presidente ha ampliado recientemente su ámbito de aplicación con otro decreto ley, de los que es muy aficionado. Este nuevo decreto permite incluir un marcapáginas con los números de teléfono de la recepción y de emergencias, el menú del servicio de habitaciones y las opciones de pago de las películas para adultos con escenas de sexo explícito (las películas de adultos tradicionales, sin sexo explícito, son gratis por decreto ley también).]

*La Biblia* estaba nuevecita, parecía recién comprada. Sin embargo, cuando la cogí vi que era una edición de 1955, lo cual me sorprendió. Me parecía raro que nadie la hubiera leído desde entonces, con lo entretenida que es. Como iba con tiempo de sobra, decidí leerla un poquito. Aún habiéndose escrito hace miles de años, la temática de esta conocida novela histórica es muy actual, porque narra la vida profesional de un funcionario que a los seis días de sacarse la plaza se da de baja y ya no trabaja más en su vida. Y como buen funcionario al principio el protagonista trabaja muchísimo, altamente motivado, pero el ímpetu y la ilusión le duran muy poco (algo de bulling habría por ahí, digo yo).

La verdad que el libro engancha desde la primera página. El funcionario se llama Dios y ya el primer día de trabajo tiene pelotera gorda con otro compañero, que llevaba años sin dar un palo al agua. El funcionario chusquero, que se llamaba Thomas Calva Edison, llevaba años intentando perfeccionar la bombilla eléctrica. Pues nada, llega Dios y crea La Luz nada más tomar posesión de la plaza. Normal que la tengas Dios, que dejaste a Thomas con el culo al aire delante del resto de la plantilla. El segundo día va y crea el firmamento, allanando así el camino para la industria aeronáutica que florecería allá por el siglo XX-XXI. Dios no daba muestras de cansancio y el tercer día creó la tierra y el mar. Este es sin duda mi día favorito, porque milenios después una ciudad a la orilla del mar, Málaga, vio nacer a mi chiqui. Eso sin contar lo feliz que haría a media humanidad proporcionándole interesantes alternativas vacacionales. El cuarto día crea el sol, la luna y las estrellas. Mucha gente agradecida también por esta iniciativa, sino que les pregunten a los empleados de la NASA o a Yenifer Deisy. El quinto día va (no paraba el gachón) y crea los peces y los pájaros. ¡Qué arte! ¿Qué haríamos nosotros sin Nemo o sin el Pato Donald? ¿O sin los espetos de sardinas de mis suegros? Y el sexto día ya ni te cuento. De entrada trabaja en sábado, que ya tiene mérito. Pero es que además tuvo una idea genial… ¡Pues no va y crea primero los animales terrestres (¿qué sería mi vida sin mi erizo?) y luego ya, para redondear la faena, crea el hombre ¡a su imagen y semejanza!

Alucino con Dios. ¡Qué inventiva y qué capacidad de trabajo! Lo mismo ya se había tomado unas cañas por ser día de fiesta porque en lo de a su imagen y semejanza afinó regular, le salió tremendamente variable. Sino compara tú Brad Pitt o nuestro actual Presiente con, no sé…, por ejemplo, con ese otro presidente de Gobierno, aquél que tuvimos hace un tiempo, el del bigote vigoréxico que no me acuerdo ahora como se llamaba. Sí hombre, ese que decía que en la intimidad hablaba catalán con su mujer, la que luego también triunfó en la política trayéndose los Juegos Olímpicos para Madrid a base de echar cafelitos con leche con unos y con otros. Siempre me lo imaginaba diciéndole a su mujer en catalán: «Cari, ¿nos vamos a la cama y echamos uno rapidito antes de que vuelvan los niños de catequesis?». Estoy por tirar de Google Translator a ver cómo se dice.

En definitiva, salvo que Dios tuviera personalidad múltiple, lo de hacernos a su imagen y semejanza no le salió bien del todo. Lo mismo Dios, en su omnipotencia, se dio cuenta que se le había ido un poco la mano creando tantísimo hombre tan diverso y pensó «No es bueno que el hombre esté solo» y, con su mejor intención, creó a la mujer para intentar arreglarlo.

Y ahí, Dios, tengo que darte la razón solo en parte, aún a riesgo de jugármela con los dirigentes de ese nuevo partido político, Forcemos, que hay que andarse con un cuidado… ¿Pues no han montado una Policía Patriótica que está continuamente monitoreando expresiones no alineadas con las nuevas reglas gramaticales de género múltiple?: neutra, neutre, neutri, neutro, neutru, neutrex (esta última dicen que para lavarnos la boca cuando no usemos el género adecuadamente).

A ver Dios, no te me molestes ¿vale?, que no te voy a negar que no hayas ido con buena intención con lo de crearnos a alguien para que no estemos solos. Pero lo mismo no hubiera estado de más habernos preguntado antes ¿no crees? Es que tú sabes que, en determinados momentos, necesitamos nuestro espacio y que a veces, pues oye chico, queremos estar tranquilitos y disfrutar solos o con los amigos, jugar a la Play, tomarnos una Águila Sin Filtrar sin que nos digan que bebemos mucha cerveza, esas cosas...

Entiendo que en la época en que nos creaste, lo mismo no caíste que la humanidad que iniciabas en ese momento iba a evolucionar de la forma que lo hemos hecho, pero yo pienso que tenías que haber descansado también el sábado y no haberte tomado tu primer trabajo tan a la tremenda. Así te fue luego. Descansaste el domingo y ya el lunes ¡hala!, de baja indefinida. Si es que las cosas hay que tomárselas con tranquilidad hombre, que ya habías echado más de 35 horas la primera semana. Dile tú ahora a un becario que trabaje 30 horas a la semana y te denuncia a Forcemos, a Magistratura de Trabajo y al Tribunal Episcopal de la Haya.

Pero bueno, Dios, que es criticar por criticar, que en el fondo lo hiciste genial, mira tú donde hemos llegado en tan solo unos pocos milenios. Si no lo estropea el ruso (se dio un golpe en la cabeza de niño), el americano (este se los está dando ahora) o el argentino (el que se peina con sierra mecánica), yo creo que vamos por buen camino. Y si no, siempre nos puedes mandar de vuelta a tu mayor para arreglar las cosas, que seguro que ahora con más experiencia lo hace mucho mejor. Es que cuando nos lo mandaste la primera vez, hace unos dos mil años, se ve que el chaval no había terminado aún los estudios y vino muy verde. Que conste que era una bellísima persona y venía con ganas de encauzar a la humanidad, pero le faltaba un hervorcito. Además, al final tuvo malas juntas (ya le avisamos que ese Judas no era trigo limpio) y terminó metiéndose en peleas. Y al pobre te lo crucificaron demasiado joven, cagoentó, que no se lo merecía con lo buen chaval que era. Menos mal que le dio por resucitar a los tres días y decidimos enviártelo de vuelta rapidito para que no se metiera en más líos y que acabase los estudios.

De todas formas, si no ves claro lo de mandárnoslo de nuevo, no te compliques y te lo quedas ahí arriba, que estáis los dos la mar de bien. Visto que en dos mil años hemos mejorado razonablemente, lo mismo no te trae a cuenta reenviarlo. Nosotros, molestarnos, no nos vamos a molestar. Además, ya puestos Dios, siempre podemos echar mano nosotros aquí de la IA (Inteligencia Artificial) que a este paso capaz que te echa la pata en onmipotencia y onmipresencia en un par de años.

*[Que no tontorro, que es broma, has picao inocentón... tu eres imbatible, como el chuletón al punto ese que decía el presidente. Me refiero al nuestro, al guapo, el de verdad, no el otro, el que habla catalán en la intimidad, ese que decía que quién era la DGT (Dirección General de Tráfico) para decirle que no condujera cuando hubiera bebido vino. Venga, Dios, te mando un fuerte abrazo. Y dale muchos recuerdos a Jesús de parte de los amigos de la tierra. Dile que nos acordamos mucho de él. Sobre todo los domingos y festivos. Qué majo era.]*

Cuando eché cuenta, casi que era hora de ir al otro hotel donde había quedado con el chófer de Carlos. Me puse el traje de mi boda, que todavía me entra, porque me hacía mucha ilusión que Carlos me entrevistase con el mismo traje con el que le di el *Sí Quiero* a mi chiqui. Me fui andando, con mi mochilita a la espalda y llegué en cinco minutos. Me había estudiado al milímetro el plano del hotel (por cierto, se llama Hotel El Prado 2, *no comments*), de forma que me fui directo a los servicios, me encerré en uno de los retretes, saqué la máscara de Igelkott de la mochila y me la puse. Salí del retrete y en el espejo grande de los servicios me la acomodé bien, para que no se viese nada de mi cara original. La verdad que nunca se ha visto un erizo tan elegante, vestido de Emilio Cuchi (me lo regaló mi suegra para la boda, ¡grande suegra!). En ese momento llamaron a la puerta de los servicios y, como no dije nada, entraron un par de limpiadoras que se quedaron muy sorprendidas al verme. La más joven no dejaba de mirarme como si fuera un bicho raro pero la otra, la de mayor edad, me saludó muy amablemente.

—¡Buenos días, señor Espinete! ¡Va usted hecho un pincel!

*[Nota informativa, deferencia del autor:*

*Espinete, icónico personaje de la tarde televisiva infantil española entre 1983 y 1988, para conocimiento de aquellos que no vivieron la Transición y no la estudian en el instituto.]*

No me tomé la molestia de sacarla de su error, le devolví el saludo con voz de pito (clavadita me salió a la que tenía Espinete en Barrio Sésamo) y me dirigí a la puerta de salida a esperar al chófer de Carlos. Al salir por la puerta giratoria del hotel, vi un montón de niños en la acera de enfrente al hotel. Era un colegio concertado, eso se veía a la legua, no solo por la vestimenta de marca de los niños (¡perdón!, quise decir niñas, niñes, niñis, niños y niñus), sino también por el nombre del colegio que estaba pintado encima de la puerta de entrada: *Colegio Concertado para Niños Pijos EL PRADO*. Lo de niños pijos se lo podrían haber ahorrado: en todos los colegios concertados de nuestro país solo admiten niños pijos por decreto ley. Y lo de El Prado también se lo podían haber ahorrado porque a estas alturas todo en este barrio tiene el mismo nombre. Se ve que en este distrito vecinal se han tomado a pecho ganar el Primer Certamen Nacional de Municipios Pertinaces, galardón recientemente instaurado, también por decreto ley, por el Ilmo. Alcalde de Madrid el señor Mastiquez-Almendra, un tiarrón de dos metros de altura de porte y sonrisa etrusca. Seguro que este barrio de El Prado se lleva del tirón el primer premio del Certamen, consistente en: a) 25.000 euros a usar en nuevos rótulos con el cambio de nombre de los negocios, hoteles, avenidas y colegios del barrio y b) una estatuilla conmemorativa en plata de ley (como los decretos) con la inscripción: «¡Y vuelta la burra a las coles!».

[Nota entrañable para el autor:

Permitidme aquí una licencia puramente poética. Sé que os habrá sonado rara la inscripción de la estatuilla. Entiendo que os sintáis más cómodos con la versión más extendida del aforismo: «Y vuelta la burra al trigo». No obstante, yo de siempre recuerdo ese dicho como «Y vuelta la burra a las coles». Desconozco si esta desviación del modelo estándar es cuestión exclusiva de mi familia (mi padre lo decía un montón) o exclusiva de la Ilustre Villa de Córdoba (sino la conocéis, ya estáis tardando). Sea cual sea el motivo, me apetece dejar la inscripción de las coles ¿vale? Y como yo soy el autor, y con todo el respeto que como lectores os merecéis y os tributo, me permito con vuestro beneplácito la licencia. Si no os gusta esta explicación tengo otra, como los principios de los políticos. Ahí os la dejo y ya os quedáis con la que más os guste.

Opción B del aforismo de la inscripción de la estatuilla: Córdoba, aparte de los caracoles, la mezquita y el flamenquín, es muy famosa por su tradición joyera de altísima calidad, sobre todo plata. Estoy seguro de que el jurado del Primer Certamen Nacional de Municipios Pertinaces contrató a algún joyero cordobés y cuando le dijeron que la inscripción debía ser «Y vuelta la burra al trigo», quiso dejar su impronta sultana y la cambió por la versión cordobesa «Y vuelta la burra a las coles». Sinceramente, a mí me gusta más la versión cordobesa, pero yo no cuento... soy cordobés y hombre de bien.]

Pues mira tú que esperando a que apareciera el chófer de Carlos Cansina, uno de los niños del colegio pijo al otro lado de la calle empieza a chillar:

—¡Chicos, chicos! ¡Mirad allí! ¡Es Igelkott, es Igelkott!

¡Claro! ¡Qué llevaba la máscara de Igelkott! ¡Se me había olvidado por completo de lo bien que se me ajustaba, ni me daba cuenta de que la tenía puesta! No te quieras imaginar la que se lio en un momento. Las niñas, niñes, niñis, niños y niñus salieron disparados en mi dirección, desbocaos como los toros en Sanfermines. Cuando los maestros que estaban con ellos quisieron reaccionar, la panda de insensatos estaba empezando a cruzar la calle sin mirar los semáforos, correteando entre los coches (no pasó nada de milagro) y saltando unos encima de otros a ver quién llegaba a mí primero. He de ser sincero y reconocer que ver a esa marabunta pigmea correr como descosidos en mi dirección me asustó mucho, porque me acordé de como murió Mufasa, el padre del Rey León, aplastado por una estampida de ñus.

Por un momento pensé que este nuevo día iba a ser tan delirante como el anterior. Y eso no lo iba a poder soportar ni mi organismo ni mi mente. Pero como unos minutos antes había estado leyendo la *Biblia*, me vino a la memoria el pasaje en el que decía Jesús: «Dejad que los niños se acerquen a mí». Y quise hacer mía esa actitud paternal y sosegada para resistir la horda minipija. El problema es que había importantes diferencias entre la situación a la que se enfrentó Jesús y a la que me enfrentaba yo. Os las enumero:

<u>Guardaespaldas</u>: Jesús iba con los doce discípulos, los cuales le espantaban los niños a collejas, hasta que este

les pidió que se estuvieran quietos y los dejasen acercarse. Así es fácil. Es la versión actual de la Kardasian, que sale rodeada de media docena de orangutanes y si se acerca algún fan, lo ponen en órbita en medio milisegundo. En cambio, yo no tenía a nadie para ayudarme. (Por cierto, acabo de caer, a ver si luego me paso por el Museo del Prado a preguntarle qué tal anoche al taquillero).

Tráfico: En la época de Jesús no había coches. En el peor de los casos te podía pasar Ben-Hur con la cuadriga a toda leche, pero como solo la sacaba algunos días en Semana Santa, allí en Palestina los niños no tenían problema para cruzar la calle. Yo estaba atacado de pensar que pudieran atropellar a algún niño y que me hicieran responsable. Además, en ese barrio pijo de niños pijos todos los coches son enormes (ReinRovers, Bemeuves, Mercedes, Milás) y si atropellaban a algún niño a mí me caía seguro la permanente revisable (prisión, no confundir con un modelado de peluquería evaluable).

Regalos: Jesús llevaba en la alforja teléfonos móviles para regalar a los niños de la *Biblia*. Yo lo único que llevaba en la mochila era un Pastel Cordobés loncheado y envasado al vacío para desayunar con Carlos y los tertulianos.

*[Nota informativa, deferencia del autor:*

*Respecto de los móviles que regalaba Jesús a los niños que se le acercaban a él hay cierta controversia, según la fuente bíblica. En el caso de la Biblia católica eran iPhones,* alegoría de la serpiente que engañó a la inocente Eva. No sé si conocéis la historia. Os la resumo: Dios creó a Adán (varón) y Eva (hembra) y ambos eran felices en la recién creada tierra sin toquetearse lo más mínimo. Pero llegó el diablo, en forma de serpiente, y engañó a Eva para que mordiese una manzana rebosante de hormonas sexuales, melamina en su mayor parte. Fue morderla (de ahí el símbolo de Apple) y se convirtió en una máquina sexual que se puso a darle fuerte y flojo con Adán para repoblar la Tierra como si no hubiera un mañana. Por el contrario, en la Biblia protestante los móviles que regalaba Jesús eran Uaueis. Por lo visto, la Biblia protestante fue de los primeros libros que se hicieron en la imprenta de Gutenberg y resulta que toda la maquinaria se la financió un fondo de inversión chino, según manifestó años después Marco Polo, un conocido vendedor ambulante de productos congelados que hacía la Ruta de la Seta.]

Intenté solventar las tres diferencias entre mi situación actual y la de Jesús hace dos mil años tirando de inventiva. Con respecto a la horda que se me venía encima, como no tenía discípulos a mano, la única solución que encontré para defenderme fue coger la pizarra enorme que tenía el bar del hotel en la acera, parapetándome como los antidisturbios detrás de su escudo. Me sentí como un verdadero miembro de las Fuerzas y Cuerpos de Seguridad de Estado, salvo que en el escudo de los antidisturbios pone POLICÍA y en mi escudo ponía «Primero: Ensalada mixta / Sopa castellana / Menestra de verduras. Segundo: Muslos de pollo estilo El Pardo / Arroz a la parmesana / Cochifrito con patatas. Pan, bebida y postre o café. 15 euros».

En cuanto a lo de cruzar como locos la calle, ahí menos mal que me echaron una mano los profesores que finalmente reaccionaron cortando el tráfico. De hecho, fue una profesora la que tuvo una idea genial para evitar que atropellasen a los niños. Como tenía mucho pecho, se tumbó en mitad de la calle y les dijo a los otros profesores que parasen el tráfico con la excusa de que había badenes en la calzada y que no podían pasar hasta que los reparasen. La estrategia tuvo un éxito inmediato, con un montón de conductores que se bajaron rápidamente de sus coches y se ofrecieron voluntarios, de forma totalmente altruista, para ayudar en la reparación, incluso con sus propias manos.

Finalmente, en cuanto a los regalos que insistentemente me pedían los pijoniños a gritos, en cuanto los tranquilicé les dije que sí, que iba a darles regalitos como Jesús. El problema era que no tenía nada más que el Pastel Cordobés y ese era para mi Carlos y sus amigos tertulianos. Pero tuve una idea genial. Le dije a la tropa que esperasen en la puerta, que iba dentro del hotel a buscar los regalos, y para que no entrasen en tromba en el hotel, atranqué la puerta giratoria con mi mochila. Me fui directo al recepcionista para pedirle ayuda. El tipo era bajito y gordito y cuando miré la plaquita con su nombre para dirigirme a él no me lo podía creer: *Sr. Prado*. (Ya te digo, directos a por el Nobel de Monotonía y Redundancia). Le dije al Sr. Prado que estaba en una emergencia y que necesitaba todos los caramelos de cortesía del hotel que me pudiera dar. Poco desagradable fue el Sr. Prado cuando me respondió:

—¿Y para que quiere un erizo caramelos del Hotel El Prado 2 si puede saberse? No somos una tienda de chucherías, caballero.

No le di una hostia de milagro al cachotocino del Sr. Prado. Se salvó porque en ese momento el pijorrebaño empezó a dar golpes en la cristalera del hotel, reclamando a gritos sus regalos.

—Pues mira bobo (como Fressi, el futbolista. Que nunca un bobo tan bobo le dijo bobo a uno que no era bobo). Quiero los caramelos para evitar que se te metan en el hotel esos 70 minicafres poseídos que están aporreando las ventanas y te destrocen la recepción.

El recepcionista, ahora asustado de la dimensión de la emergencia que tan caballerosamente le había anticipado, se ofreció a darme los dos sacos de caramelos que tenía en el almacén.

—Venga, Sancho Panza, —le dije con cierta prepotencia para ponerlo en su sitio— ayuda a don Quijote a lidiar con los molinos de viento enanos. Tu coge un saco, yo otro y a repartir caramelos al enjambre.

Descalcé la puerta giratoria poniéndome la mochila a la espalda (pa mí que había espachurrado el Pastel Cordobés) y salimos como un Rey Mago y su paje repartiendo chucherías en la cabalgata de Navidad. La mayoría de los niños se tiraron al suelo como descosidos a coger los caramelos. Pero uno de ellos, el más alto, vestido con un polo de Carolina Huevera y pantalones de pinzas de Velatorio y Justino, va y me dice con un desprecio inaceptable:

—¿Ese es el regalo de Igelkott? ¿Caramelos de propaganda de un hotel de barrio?

Uyuyuyuy... ¿Pero de qué nido se había caído este pájaro? Le pregunté que si era el delegado de clase, de tan líder que lo veía, a lo que me respondió afirmativamente. Como en la puerta del hotel había una cámara de seguridad que estaría grabando todo, intenté calmarme para controlar la situación, que lo último que quería era tener problemas con la Policía Patriótica de Forcemos. No me quedaba otra que ser educado con el delegado y seguir las estrictas normas impuestas por el igualitario partido político.

—Me alegra conocer al representante de la clase. ¿Le importaría, por favor, aclararme de qué género es su persona para dirigirme a usted de la forma más adecuada?

—Para su información mi género no es estable —me dice el pollo/polla/polle. Igual que tu intelecto pensé yo para mis adentros—. Por la mañana soy niña, binaria y fluida. Después de comer soy niñe, tripartite dividido entre dos (1.5) y viscoelástic@. Y por la noche soy niño, unicuaternario elevado a 2πr y espeso.

El mequetrefe vestido de marca tenía más fases que el ciclo lunar. Yo solo había llegado a estudiar las ecuaciones de segundo grado en el instituto. Me di cuenta enseguida que la única forma de despejar la incógnita de la compleja ecuación que me planteaba el delegado era darle una guantá bien da. Pero no se la di, que tenía una camarita muy cerca, y no quería líos. No obstante, como premio a su jactancia, le dije que por ser delegado merecía un premio mejor. Para evitar que se enterasen sus amigos (seguían arrastrándose, cogiendo caramelos) le dije bajito y al oído que entrase al baño del hotel y que al lado del inodoro, en la esquina, tenía su regalo. Que una multinacional de la telefonía mundial estaba probando de incógnito un modelo nuevecito de móvil con forma de palo metálico y el terminal negro redondeado metido en un cuenquito, porque se recarga en agua con electrolitos. Se ve que al pijo este le limpiaban el culo con caviar porque no tenía ni idea de lo que era una escobilla de wáter. Se lo creyó a pies juntillas y se lanzó disparado hacia los servicios, a escondidas de sus compañeros, demostrando un gran potencial como futuro sindicalista.

En ese momento, un señor muy elegante con gorra de plato se me acercó y se presentó como Mateo, el chófer de Carlos Cansina. ¡Por fin venía el Séptimo de

Caballería a rescatarme! Le di un fuerte apretón de manos, le agradecí su puntualidad y nos fuimos para el coche de empresa, no sin antes decirle a los pijiniños que el señor Prado se había comprometido con todos ellos a darle vueltas en la puerta giratoria del hotel montados en los taburetes con ruedas del bar. Poco le iban a vomitar los caramelos con el mareo.

Y ya tranquilamente sentado en el cómodo asiento trasero de la limusina de Onda Cero, me puse a pensar en dos cosas. Una era que Dios, aparte de crear al Hombre y a la Mujer, también creó la ionosfera, esa capa de la atmósfera que pronto reflejaría las ondas de radio con mi voz. Y la otra, aún más reconfortante, era imaginarme al delegado 2πr intentando llamar a su madre con la escobilla de wáter chorreándole en la oreja. Bonito se iba a poner el polo de Carolina Huevera de tropezones.

# CAPÍTULO 10

## Los sueños se cumplen

Me di la vuelta para mirar a la marabunta por última vez a través del cristal trasero de la limusina. En ese momento vi un enano salir disparado, describiendo una parábola perfecta (no confundir con las bíblicas), desde la puerta del hotel a la otra acera y estamparse contra el cartel del *Colegio Concertado para Niños Pijos EL PRADO*. Al Sr. Prado se le había ido la mano con la puerta giratoria. Pero ese ya no era mi problema. Me incorporé en el asiento y le comenté a Mateo:

—Puf, de buena me he librado Mateo. Menuda panda. Además, ¿qué hacen esos niños tan temprano en el colegio? A estas horas deberían estar aún durmiendo.

—Discúlpeme señor, pero no me han notificado su nombre, solo que debía recoger a una persona con una máscara de erizo.

—Me llamo Garbi, Mateo, pero hay confianza, tutéame por favor. Los chóferes de mis amigos son mis chóferes.

—Gracias Garbi. Pues sí, con respecto a lo que comentabas de los niños, en los colegios concertados de esta zona de Madrid es muy común hacer excursiones al Palacio del Pardo. Cogen el autobús muy temprano para aprovechar el día. Les dan un paseo por el palacio, luego catedráticos eméritos de Historia de la Dictadura les dan unas conferencias glosando las virtudes de aquella época, según ellos, dorada de la Historia de España. A la salida, les dan unos bocadillos y unos refrescos en el patio del palacio, mientras afiliados del partido político COZ les dan folletos ilustrativos de sus obras benéficas, principalmente en centros de atención a mujeres maltratadas y a niños extranjeros sin tutela parental. El resto del día lo pasan en el parque aledaño buscando setas o minerales.

—Pues lo mismo alguno se encuentra hoy alguna que otra mano, que buena se lio ayer por ahí —dije sonriéndome—. Por cierto Mateo, me dejas alucinado. ¿Cómo sabes todo eso? ¿Eres antiguo alumno del colegio?

—Nada de eso Garbi, todo lo contrario. Yo lo sé porque mi familia siempre ha vivido en ese barrio, pero como no éramos pijos, íbamos a un colegio público no concertado, uno de los normales. Eso sí, quedábamos casi todas las semanas para zurrarnos con los pijos. Todo eso lo sé porque yo formé parte de la célula de contraespionaje de mi clase para tenderles emboscadas. Que buenos tiempos… lo que más nos gustaba era pillarlos desprevenidos, vestirlos con ropa de los chinos y obligarlos a desfilar de esa guisa por la sede del PP (Partido Pijo) en la calle Sémola. Ahora ya no vivo ahí. Madrid me agobia mucho, así que me mudé a Valencia, cerquita del mar. Y como me gusta mucho conducir, voy y vengo todos los días.

—Pues ya le tienes que pisar que son un montón de kilómetros ¿no?

—Sí, son unos 350 kilómetros. Pero tengo un truquito para ir más rápido. Lo que hago es que me meto por un agujero de la valla en las vías del tren y me pongo detrás de los AVE, así aprovecho que me cortan el aire y llego en un plisplás. El famoso *a rebufo* que escuchamos en las carreras ciclistas.

Esas son el tipo de cosas que no te enseñan en los colegios concertados dije para mí. ¡Qué sagaz Mateo! Este sí que era de los míos y no el trasgo mutante que me recogió en el taxi ayer. Mencionar *a rebufo* me trajo recuerdos de mis mejores siestas, acurrucado en el sofá de mi casa viendo el Tour de Francia o Falcon Crest, (¡saludos presidente!).

—¿Y no te da miedo Mateo si el AVE da un frenazo de repente porque haya un reno o un toro bravo en la vía o cuando se cruza con otro AVE en dirección contraria, que parece un terremoto?

—Nada Garbi. El tren no para. Si hay bicho en la vía, a esa velocidad lo convierte en salchichón al instante.

El morro del AVE está reforzado para esos casos. Ese problema lo solventaron los japoneses hace años, que pusieron a punto la tecnología antiobstáculos en el tren bala cuando la población autóctona de koalas aumentó dramáticamente. Y cuando te cruzas con otro AVE, agarras fuerte el volante y listo. Es más la sensación dentro que fuera del tren.

—Y Mateo… —dije cambiando de tema con toda intención por si me surgía tema para otro futuro libro— supongo que siendo el chófer de Cansina habrás conocido montón de gente famosa e interesante, ¿verdad?

—Bueno, sinceramente Garbi, creo que te llevas la palma. Nunca antes había llevado a nadie con máscara, ni de erizo ni de nada, y vestido de Emilio Cuchi. Lo sé porque yo tengo uno igual, me lo compré para mi boda.

—¡Pero qué me dices Mateo! ¡Si el que llevo también es de mi boda, que me lo regaló mi suegra! ¡Tremenda casualidad! —cada vez me caía mejor este hombre. Estaba por desvelarle mi identidad y decirle que se pillase un AVE a Málaga (*a rebufo*) un fin de semana y que echásemos unos espetitos en la playa de la Misericordia, en el chiringuito de mis suegros.

—Listo, ya hemos llegado don Garbi. Antes de que te bajes, ¿te puedo preguntar porque llevas una máscara de erizo? ¿Eres el CEO de eKiwoko Mundo Animal?

—No Mateo, no soy CEO de nada. Como mucho FEO —dije bromeando y ya convencido de hacerme amigo de este hombre tan bonachón—. Es una historia algo larga, y ahora voy justito de tiempo. Pero descuida, me pondré en contacto contigo a través de Carlos. Te invito a pasar unos días con mi familia y te lo cuento todo delante de unas cervecitas y unos flamenquines en Córdoba y luego nos vamos en tráiler a Málaga a tomarnos unos espetos de sardinas en la playita, ¿te parece?

—Será un placer Garbi, y así me explicas también lo del tráiler que eso me ha dejado descolocado —me replicó con una gran sonrisa—. He de decirte que me ha agradado mucho hablar contigo, eres una persona normal, no como algunos de los personajes que entrevista don Carlos. Hay políticos, empresarios o banqueros que te miran por encima del hombro, sintiéndose superiores a ti, solo por tener dinero o ser famosos. Los levitadores los llamo yo. Para esos llevo una cuerda en el maletero, porque de creciditos que van, como no los amarres bien se te escapan volando en cuanto les abres las puertas del coche, como los globos de helio de los niños en las ferias. Tú no eres así. Y don Carlos tampoco, ya verás ahora cuando lo conozcas.

Definitivamente Mateo era un tipo excepcional y yo estaba decidido a seguir cultivando esa recién nacida amistad. Me despedí de él con un fuerte abrazo, emplazándonos para vernos pronto de nuevo, mientras que de reojo veía a Carlos Cansina esperándome en la puerta de los estudios de Onda Cero y poniendo una cara de extrañeza al verme abrazar a Mateo. Me dirigí hacia él.

—Carlos, un absoluto placer conocerte en persona —le dije dándole un fuerte apretón de manos. Y bueno, le solté la mano y le di un pedazo de abrazo, me salió del alma, es mi ídolo.

—Igualmente, Garbi —me dijo apartándose un poco tras el espontáneo abrazo— aunque tengo que reconocer que me siento algo inquieto. Eres la primera persona a la que entrevisto que no le veo la cara. Es todo un reto periodístico.

—¡Pues vamos a por ese reto, Carlos! —exclamé con excitación. No podía creer que esta eminencia de la ionosfera me iba a entrevistar en unos minutos—. De todas formas, no me creo que con las tablas que tienes estés inquieto por entrevistar a un escritor con una máscara de erizo. Cosas más raras te habrán pasado entrevistando a algún político o algún famoso ¿no? —La media sonrisa que puso, la clásica, la que todos conocemos de cuando Carlos sale en algún programa de televisión, como el Avispero de Pablo Chotos, me confirmó que sí, que cosas más raras había vivido con alguno de sus entrevistados.

Carlos me llevó dentro del edificio y mientras íbamos pasando por los distintos pasillos hasta su estudio veía que los empleados de Onda Cero nos miraban con curiosidad y extrañeza. Seguro estaban acostumbrados a ver a Carlos acompañando a personas famosas y eminentes, pero no a un escritor con una máscara de erizo. En ese momento pensé que lo mismo Carlos, para romper los índices de audiencia con la sorpresa, no le había dicho a nadie que me iba a entrevistar en directo.

—Carlos, ¿tú le has dicho a tu equipo que hoy me tienes de invitado? —le pregunté intrigado.

—No, no lo sabe nadie Garbi, Primicia Mundial —de nuevo esa media sonrisa del Avispero.

—¡Ratón! ¡Que eres un ratón! —me salió del alma.

No deja de sorprenderme este hombre. ¡Que estratega periodístico! Yo creo en la reencarnación, me parece la opción *post mortem* más interesante de todas, muy por encima de la eternidad en el cielo (terminas aburriéndote sí o sí, hagas lo que hagas) o de asarte de calor en el infierno (bastante tenemos con Córdoba en verano). Y desde hace mucho tiempo siempre he querido reencarnarme en una de las Kardasians, que deben tener una vida apasionante. Pero, ahora que tengo delante a este monstruo de las ondas, tengo claro que en mi reencarnación quiero ser periodista de radio como Carlos. Sobre todo desde que sé que las Kardasians están bajando el listón y están empezando a quedar a merendar (¿y chingar?) con el pueblo llano.

Llegamos a su estudio y sus colaboradores se quedaron boquiabiertos cuando entramos en la sala. No sé si la sorpresa era porque pensaron que podría ser el famoso autor de éxito que batía todos los récords de ventas o bien porque se preguntaban qué hacía Carlos con un tipo con una máscara de erizo. Ese viernes estaban algunos de mis ídolos de las mañanas, entre golpes de chapa en el taller. Marta García Mañana, Rubén Jamón, Carlos Rodríguez- Balay, Roberto Trastero, Javier Caracaballo, Paco Malentienda, Toni Castaño…. Todos, todos mis iconos radiográficos. Tras la sorpresa inicial, el primero que reaccionó fue Rubén Jamón que se vino hacia mí y, mientras me miraba cogiéndome de los hombros, le preguntó a Carlos:

—Carlos, ¡dime que es Garbi Zuzunaga, dime que es Garbi Zuzunaga!

Cuando Carlos le dijo que sí, que era el auténtico Garbi Zuzunaga en persona, Rubén me dio un abrazo que casi me perfora la pleura. Rubén, que es listo, listo, entendió perfectamente que fuese con una máscara de Igelkott, supo que era mi forma de mantener el anonimato en un momento en que medio mundo soñaba con saber quién era su autor favorito.

—¡Me he leído tu libro media docena de veces! ¡Es lo mejor que he leído desde que de pequeño me enganché a *Mujercitas*!

Que comparase mi ópera prima con *Mujercitas*, el libro que tan acertadamente había regalado a mi concuñao ciego al inicio de mi fulgurante carrera literaria, me llegó al corazón. Rubén Jamón es uno de los tíos más cultos de nuestro país. No tienes más que escucharlo en directo: una dialéctica impecable, un vocabulario infinito, siempre delicado a la hora de sus intervenciones, nunca avasalla y siempre deja terminar las argumentaciones a sus compañeros, antes de iniciar sus brillantes contrarréplicas. Jamás interrumpe.

Rubén tiene una sección propia en Onda Cero. Se llama *La Caldereta* y es un programa donde se comentan libros y películas desde una perspectiva cultural profunda mientras se ponen tibios de comer y beber. Estoy seguro de que viene de familia noble, no solo por el origen de su peculiar apellido que hace referencia al Dios Porcino del Sol sino por su prestancia en el vestir, que nadie como él lleva las camisetas de diseño debajo de las americanas de Armandi-Lamarimorena, combo italiano competidor de nuestros diseñadores nacionales Velatorio y Justino. Esto lo sé porque Rubén también participa como tertuliano en el Avispero de Pablo Chotos y le veo las camisetas.

Marta García Mañana es una gran periodista y, haciendo honor a su segundo apellido, es una visionaria. Tiene una sección que me gusta mucho porque comenta y analiza noticias futuras. Sus predicciones son de tal brillantez que, al final, prácticamente todas las noticias que comenta terminan ocurriendo. Y cuando Carlos le insta a concluir: «Moraleja Marta» ella siempre responde en verso. Voy a proponerle hacer un libro de poemas radiofónicos juntos. Matilda me ha dicho que me deje llevar por mi instinto y que si detecto un talento escondido de las letras, le ofrezca unirse a nuestra Editorial AlmadeCántaro.

Otro que me encanta es el Profesor Rodríguez-Balay. Aunque su deseo siempre fue ser cantautor, el pobre no tuvo éxito en el mundo de la música y decidió estudiar economía, doctorándose con todos los honores. Tras una fulgurante carrera como director de una importante empresa de electrodomésticos (de ahí su apellido compuesto), aceptó formar parte del equipo de Carlos como especialista en temas económicos. Sus análisis siempre son acertados y me gusta mucho cuando termina sus intervenciones sobre la política monetaria de nuestro presidente (no siempre positivos) concluyendo que las multas y los impuestos los va a pagar la misma persona: «¡Usted señora, usted!» le dice en antena. Creo que debe estar muy muy enamorado de esa señora anónima que solo él conoce.

Toni Castaño y Paco Malentienda son dos barceloneses de pro, muy críticos con la decisión de los dirigentes políticos catalanes de independizarse de España y convertirse en una nueva región de Francia. A ambos les gusta mucho el cava con calzots (zapato típico catalán) y piensan, con razón, que si se convierten en ciudadanos franceses los productores de champán los van a obligar a cambiar la denominación de origen. Paco es director de un importante periódico, La Pasión, que usa como trampolín para que los políticos catalanes reconsideren su postura y desistan de su empeño de independizarse.

De más abajo, sevillano, es Javier Caracaballo. Me hace mucha gracia cuando Carlos le saluda por las mañanas y el siempre responde con mucho énfasis «¡Muy buenos días!». Me parto con él, sobre todo cuando comenta que Sevilla es el sitio donde hace más frío del mundo en invierno. Y tiene razón, que en Córdoba es igual, en invierno pasamos muchísimo frío en las casas porque están supermal aisladas. Recuerdo de pequeño que mi madre me ponía siete mantas (Paduana) en la cama para no helarnos. Durante los meses más duros del invierno hasta nos ponía una sonda para orinar por la noche, porque no podíamos levantarnos de la cama de lo que pesaban las mantas. Pillabas la postura y ya no te movías en toda la noche. Solo cuando mi padre se levantaba a la mañana siguiente y nos retiraba las mantas, con mucho cuidado de no darle una patada a la escupidera rebosante, podíamos volver a movernos. Muchas mañanas, de adormilado que estaba el pobre, metía todo el pie hasta el tobillo y tenía que empezar el día duchándose deprisa y corriendo.

Pero el que más me gusta es el meteorólogo Roberto Trastero. Es que me alegra las mañanas. El hijopuchi siempre está contento, macho. Carlos le saluda y él responde superalegre: «Muy buenos días, Carlos, y buenos días a todos». Y te da el parte meteorológico siempre de buen humor. Da igual el tiempo que haga fuera. Que cae una nevada horrorosa como la Filomena aquella; «Muy buenos días, Carlos, y buenos días a todos». Que vienen vientos de 130 kilómetros por hora y echan abajo los árboles de medio país; «Muy buenos días, Carlos, y buenos días a todos». Que se rompe una presa y anega todo lo que pilla a su paso; «Muy buenos días, Carlos, y buenos días a todos». Que se ha secado Doñana; «Muy buenos días, Carlos, y buenos días a todos». Debería estar anunciando antidepresivos en la tele, se acabarían todos los problemas de la gente. Grande Roberto.

Carlos pidió unos cafés al servicio de habitaciones de Onda Cero y yo saqué el Pastel Cordobés. La verdad que estaba un poco espachurrado por el episodio de la puerta giratoria del hotel, pero igualmente les encantó a todos (si no lo habéis probado, ya estáis tardando). Y empezamos ese viernes histórico en que, por primera vez, los españoles escucharon la voz de Garbi Zuzunaga. Carlos siempre inicia su programa felicitando el día de su santo a los españoles con los nombres más raros del país y felicitando a algún famoso por su cumpleaños. Ese día fue algo especial también:

—Felicidades a los Alicuécanos, Felsidoras, Venimatías y Menduncios en el día de su santo. Y Felicidades a

Vladimir Putin por el segundo cumpleaños de su apretón en Ucrania y a Benjamin Netanyaju, que nos consta que se ha aprendido ya la tabla de multiplicar del 30. Seguro que los dos nos están escuchando. Esperamos que el primero se tome un litro de astringente y el segundo que deje de estudiar matemáticas y empiece a estudiar Historia de la Segunda Guerra Mundial. Aprovechamos que hoy tenemos como invitado a un escritor para enviarles a los dos, de regalo por sus logros, el libro *Historia Ilustrada de los Cafres del Mundo* de la editorial Tontolaba.

Aquí no pude por menos que admirar la rotunda dialéctica y la capacidad de enviar mensajes subliminales, llenos de intención, del director del programa. Un tipo único.

—Y como les avanzaba, hoy tenemos con nosotros a un escritor. Pero no uno cualquiera, no. Tenemos con nosotros al escritor de moda en todo el mundo. Al escritor que nadie conoce. Buenos días, Garbi Zuzunaga y gracias por venir a nuestro programa y por concedernos a Onda Cero y a Más de un Tuno la primicia mundial de tu primera entrevista.

—Buenos días Carlos, un privilegio y un honor estar en tu programa. Las gracias te las tengo que dar yo —dije haciendo honor al refrán «Más cumplío que un cordobés»—. Soy tu admirador más fiel. Pero tengo que reconocerte, Carlos, que me siento superraro de escuchar tu voz viéndote en persona.

—De todas formas tú ya me has visto en alguna ocasión en la televisión —replicó Carlos—. Huyo de ella, pero algunas veces no me queda más remedio que ir a determinadas entrevistas o eventos donde hay cámaras. Aún así, no me gusta la tele. Me gusta la radio.

—Permíteme la confianza Carlos. En persona eres guapetón, pero estás algo más gordito de lo que pensaba. Tienes que hacer más de ejercicio, que pasas mucho tiempo sentado, hombre.

—Bueno, ahí me ganas Garbi, porque yo no sé cómo es tu cara —replicó Carlos—. Que sepan los oyentes que Garbi Zuzunaga, para seguir manteniendo su anonimato, ha venido con una máscara de su mascota Igelkott. Y me pica la curiosidad que no te puedes imaginar… ¿Por qué no nos cuentas como empezó todo Garbi?

Y empezamos la entrevista con Carlos hablando sobre mi original pseudónimo, comentando la anécdota de como mi erizo me había ayudado a encontrarlo. Resulta que la página web que Carlos utiliza para elegir el santoral de los nombres menos frecuentes es la misma que la que usamos Igelkott y yo para encontrar mi pseudónimo. Somos como hermanos de sangre. Avanzamos charlando sobre cómo me vino la inspiración (¡Gracias presidente!), cómo convencí a mi editora de que el libro merecía la pena ser publicado, y cómo el éxito había impactado en mi vida y la de los míos. No os lo vuelvo a relatar, ya lo habéis leído en los capítulos anteriores.

En un determinado momento de los programas de los viernes, Carlos llama por teléfono a un colaborador emérito ya retirado en su casa, Raúl Buen Mozo. Este espacio, de nombre *Lo que flipa el vino,* está patrocinado por unas famosas bodegas españolas. Y, parece que por contrato, don Raúl tiene que beberse una botella del caldo más emblemático de estas bodegas antes de su intervención. Lo mismo deberían de revisar las condiciones del contrato, porque cuando recita sus artículos en antena, a veces no hay quién lo entienda. Yo creo que no tolera bien el alcohol, para mí que le sienta mal, incluso le sale un puntito agresivo porque al final siempre termina enfadado con Carlos y le cuelga con una furia... Carlos debería hablar con la empresa del Cola Cao para que patrocine a este señor, que seguro le sienta mejor.

Después de la intervención de Raúl Buen Mozo, hablamos largo y tendido sobre mi libro. Aquí no os puedo contar más porque no quiero desvelaros nada, no quiero haceros spoiler como dicen ahora los modernos. Pero sí deciros que para mí fue una experiencia inolvidable. Tras el café, nos pedimos unos Anises del Mono que entra fenómeno con el Pastel Cordobés y, conforme nos acercábamos al final de la entrevista, entre anís y anís, nos íbamos viniendo todos arriba.

Terminamos cantando a capela con el profesor Rodríguez-Balay, que recordó sus inicios de cantautor.

Carlos aquí hizo una excepción y le permitió cantar. Desde hace años se lo tiene prohibido, porque la verdad que es malo, malo, tiene menos oído que un topo resfriado, pero lo suple con esa risa estentórea suya. Estábamos ya algo pasados. El profesor iba lanzado, pidiendo reverb al ingeniero de Moldes, como si fuera Julio Iglesias, de pie en la mesa del estudio, con la camisa desabotonada y cantando a grito pelao al micrófono. Yo, que ya iba también cargadito de Anís del Mono, me uní a él para hacer un dueto y bueno..., terminamos cantando el *¿Y cómo es él?* de José Luis Peroles. El profesor decía que esa canción venía que ni pintada, porque nadie sabía quién era yo. Tremendas risas que echamos.

Convinimos que teníamos que vernos una vez cada medio año o cada año como mucho. El profesor dijo que para la próxima se traía su guitarra, el acordeón y la armónica que tenía en una maleta en un altillo de su casa desde hace siete décadas. Yo dije que me traería unas castañuelas de cuando voy a la feria. Rubén Jamón me dio su camiseta de diseño (algo sudada por los bailes), decía que se iba a hacer otra con Igelkott. Roberto Trastero prometió que a partir de ese momento diría por las mañanas «Muy buenos días, Carlos, muy buenos días, Garbi y buenos días a todos». Marta García Mañana entró en trance y con los ojos en blanco tuvo otra sesión de futurismo profetizando que me darían el Premio Princesa de Ampurias de las Letras y los Números. Toni Castaño y Paco Malentienda... esos dos sí que iban pasados. Decían que se iban a comprar un chalet en Waterloo, un barrio del sur de Bruselas, que allí tenían un amigo con pensión vitalicia por siete segundos de trabajos para la comunidad y que entre los tres iban a controlar desde allí al Gobierno de España (ilusos...). Y Javier Caracaballo cantaba a viva voz que lo que más le gustaba del invierno en Sevilla era dormir en pelotas. ¡Qué panda!, cómo me reí esa mañana.

Estábamos haciendo el trenecito alrededor de la mesa redonda del estudio, cantando Paquito el Chocolatero que nos había pinchado el ingeniero Moldes, con Marta García Mañana bailando el Kasachok en lo alto de la mesa cuando todo se precipitó. Begoña Gómez Penitente, la encargada de la publicidad de los Zapatos Cágaran y de los grandes almacenes Galerías Preciados, irrumpió en tromba en el estudio junto con todo el equipo de seguridad de Onda Cero. Todos los días Begoña nos regala su publicidad en antena con una risa supercontagiosa. Pero yo la conocí ese día con el rostro demudado. Ahí acabó la primera entrevista mundial de Garbi Zuzunaga.

# CAPÍTULO 11

¡Tango argentino!
Sos el himno del suburbio
y en jaranas o disturbios
siempre supiste tallar

*Tango Argentino*. CARLOS GARDEL

Se nos cortó el rollo de golpe y porrazo. Sobre todo a Marta García Mañana al intentar bajarse de la mesa. De lanzada que estaba con el Kasachok, cuando entró el servicio de seguridad le entró tanta vergüenza que la vieran de esa guisa que quiso bajarse deprisa y corriendo y terminó espatarrada entre dos sillas y con tres micrófonos encima. Los del trenecito casi que nos quedamos con una de las piernas en el aire y con cara de tontos agarrados unos a otros por la cintura. Begoña se fue directa a Carlos y le explicó:

—¡Carlos, tenemos una emergencia. Pero una emergencia gorda, gorda! Mejor habla con el jefe de seguridad que te diga lo que tenemos que hacer.

Carlos no terminaba de reaccionar. Begoña lo estaba zarandeando y él miraba a unos y otros sin entender.

—Begoña, ¿pero qué ocurre? —exclamó Carlos—. ¡No me cortes el rollo mujer, que no me lo he pasado tan bien desde que le pregunté al presidente eso de ¿y entonces presidente, por qué nos ha mentido tanto?!

—¡Carlos, por favor! ¡Que esto es serio! ¡Tenemos que evacuar el estudio y llevar a Garbi a un lugar seguro! —gritó Begoña.

En este momento el Pastel Cordobés se me cortó como la mayonesa. ¿Pero qué estaba diciendo esta mujer? ¿Qué me tienen que llevar a un lugar seguro? ¿Qué tienen que evacuar el estudio? Joder, pero de verdad, ¿Qué pasa en la capital de España? ¿Es que no hay forma de tener un minuto tranquilo y sosegado echando unas risas con unos amigos de toda la vida? Cuando vi que algunos miembros del equipo de seguridad se colocaban a ambos lados de las puertas del estudio y desenfundaban sus pistolas me cagué patas abajo, como cuando coges a una abubilla.

[Nota informativa, deferencia del autor:

La abubilla es un pájaro precioso, con una cresta y todo, sin ser gallo ni gallina. Como mecanismo de defensa, cuando es apresada, defeca sobre su secuestrador para escapar en el momento que éste saca los kleenex para limpiarse. Algo parecido a la mofeta, pero con alas, como las compresas.]

Sus mulas, con la ilusión que tenía al venir al programa de Cansina y ahora otra vez metido en problemas. De verdad que solo quería irme a mi cama con mi erizo (que mi chiqui tiene que seguir trabajando) y no salir en una semana o en un mes o un año. De perdíos al río, me dije. Agarré la botella de Anís del Mono y del tirón me bebí los cuatro dedos que quedaban. Si iba a morir, por lo menos que oliese bien. El jefe del equipo de seguridad, viendo que no reaccionábamos, se dirigió a todos nosotros en tono grave y muy serio:

—¡Atención todos por favor! ¡Tenemos una emergencia de primer nivel! ¡Les ruego escuchen atentamente la información que les voy a facilitar y sigan al pie de la letra mis indicaciones! Les pongo en antecedentes: desde el mismo momento en que don Carlos dijo en antena que iba a entrevistar a don Garbi Zuzunaga, aquí presente con una máscara de erizo, se han ido acercando muchísimas personas a las inmediaciones de los estudios de Onda Cero. El ambiente inicialmente tranquilo y festivo se ha ido enrareciendo a medida que más y más personas se dirigían hasta nuestras instalaciones. Rápidamente montamos un perímetro de seguridad que ha resultado ser inservible dada la dimensión de la muchedumbre que se iba agolpando a las puertas de los estudios. Aunque muchas personas venían con su libro, imagino que para que se lo firmase usted —dijo mirándome mientras yo andaba aguantando las arcadas por el mal rato y el empacho de anís—, de forma preocupante detectamos varios grupúsculos entre el gentío que mostraban una actitud ciertamente hostil y alborotadora. Aquellos que nos parecían más peligrosos eran una excursión de niños vomitando caramelos y dirigidos por un señor gordito, identificado como un tal Sr. Prado por una chapa con su nombre, y un grupo de animalistas que reivindican con pancartas que se deje de comerciar con erizos vivos.

—CagoenElPradoyenElPardo —dije yo sin poder evitarlo. El jefe de seguridad siguió con sus instrucciones, ignorando mi comentario.

—Pero el que ha resultado ser el más peligroso ha sido un grupo muy numeroso de directivos de las principales editoriales españolas que, a voz en grito con un megáfono, exigían la inmediata publicación de la identidad de don Garbi. La actitud ciertamente amenazante y violenta de este grupo de editores nos forzó a llamar a la Policía Local y Nacional. Desgraciadamente, no han podido acudir porque están sofocando una revuelta en las inmediaciones del Palacio del Pardo. Por lo visto, hay una manifestación reivindicativa de taxistas fachas que se están cortando las manos unos a otros en una especie de harakiri gremial. Hemos recurrido entonces a la Unidad Canina Subacuática Aerotransportada de los GEO, pero nos han dicho que van a tardar bastante porque entre que inflan el globo y que el viento sopla en contra, pues que mejor nos las apañemos nosotros, que no llegan a tiempo de evitar la masacre. Finalmente hemos llamado a la División Acorazada Grumete solicitando que nos mandasen algunos tanques para defendernos. Pero también nos han negado la petición con la excusa de que están muy dolidos desde el 23-F, que apenas les dejaron dar una vuelta antes de llamarlos de regreso al cuartel.

En este momento, el jefe de seguridad se llevó la mano derecha al pinganillo de su oreja mientras que con la mano izquierda nos indicaba que callásemos, que le estaban hablando por vía uterina. Tras unos segundos escuchando, en los que su semblante se iba haciendo más y más severo, nos informó:

—Me acaban de comunicar que la muchedumbre ha roto el cordón de seguridad y que en estos momentos se dirigen hacia aquí muy exaltados. ¡Así que vamos a evacuar ya! —y señalando a uno de los dos colegas que flanqueaban la puerta, pistola en mano, prosiguió—. Vamos a aprovechar que mi compañero tiene varias máscaras de erizo en el maletero de su coche porque esta tarde es el cumpleaños de su hija…

—Felicítela de mi parte —interrumpí con mi mejor intención dirigiéndome al segurata de la pistola. —Estaré encantado de firmarle unos libros y unas máscaras para regalárselos a la nena.

—Por favor, señor Zuzunaga, no me interrumpa —cortó el jefe de seguridad, un pelín descortés. —Se van a poner todos ustedes la máscara de Permafrost…

—Igelkott —corregí yo sin pretender dejarlo en mal lugar por haberse autodelatado de no haberse leído mi libro

—¡Que no me interrumpa, hostias! —dijo el jefe de seguridad con to su mala pipa.

¡Qué desagradable!, pensé para mis adentros. Prenda, si no sabes gestionar las situaciones de estrés metete a cuidar bonsáis o a Dalai Lama, bonito, pero no seas maleducado. Seguro que se había molestado por haberlo dejado en mal lugar literariamente hablando.

—Como les iba diciendo —continuó el tipo que ya me caía fatal— se me van a poner todos ustedes la máscara del bicho (bicho tú so cretino, pensé de nuevo para mis adentros) y se colocan estos cojines por debajo de la ropa para simular que están todos embarazados —nos fue pasando unos cojines muy monos de los sofás de la salita contigua al estudio—. Está descrito en detalle en los manuales antisecuestro del FBI que los secuestradores son mucho más empáticos con las personas embarazadas.

Tentado estuve de intervenir de nuevo para comentarle que a esos posibles secuestradores de los que nos quería proteger lo mismo les chirriaba un poco ver a varios tipos pretendiendo estar embarazados, que igual la jugada le salía al revés. Pero no quería arriesgarme a que me pegase un tiro en la frente, así que me callé y seguí escuchando.

—¡Jefe! ¡Los niños vomitones, los animalistas y los directivos de editoriales vienen ya por el pasillo chillando, jaleados por el gordo del Sr. Prado! ¡Tenemos que evacuar ya! —avisó el padre del cumpleaños.

—¡Maniobra de distracción! ¡Tres grupos señores! Doña Marta, don Carlos y don Garbi conmigo en dirección a la azotea que ya tenemos el helicóptero esperando. Doña Begoña, don Rubén y don Roberto con mi compañero del cumpleaños por las escaleras al sótano, que vamos a evacuarlos en una carretilla que le hemos confiscado al Mercadona de la esquina. Y don Paco, don Toni, don Javier y el profesor Rodríguez-Balay con mi otro compañero a hacer frente a la caterva del pasillo. El profesor que cante a grito pelado y que don Toni o don Paco cojan la botella de Anís del Mono y la rasquen con un bolígrafo o con la porra de mi compañero mientras cantan un villancico. Eso nos dará unos minutos preciosos para evacuar a nuestro invitado y lo mismo, con un poco de suerte, según como entone el profesor, lo mismo hasta rechazamos la incursión sin ninguna baja.

Yo con este pavo no quería ir ni a la esquina. Prefería ir al frente de batalla con mi compañero de dueto el Profesor Rodríguez-Balay y defender con mis coros y mi sangre la vida de mi idolatrado Carlos y el resto de su equipo. Pero fue el mismo Carlos, quien leyéndome en los ojos (que era lo único que me podía leer porque la cara me la tapaba la máscara) mi intención de inmolarme para salvarlo a él y a los suyos me dijo:

—Garbi, te vienes con nosotros, por favor. El profesor Rodríguez-Balay, Toni, Paco y Javier rechazarán la invasión. Si el profesor canta y ellos tres hacen los coros, la batalla está ganada. Te necesitamos a salvo para que tu afilada pluma y tu inigualable intelecto siga haciéndonos disfrutar en el futuro. No te sacrifiques en vano, confía en mí.

No iba a decepcionar a mi Carlos. Nos dimos todos un abrazo, profundamente emocionados, con los cojines ya abultando nuestras barrigas (me recordó el abrazo con Ernesto, pero apretándonos otra cosa). Nos deseamos un parto sin dolor y salimos disparados cada uno *a rebufo* de nuestro respectivo miembro del equipo de seguridad. Yo, cabreado con el trato despectivo del que me había tocado en suerte, pero no quedaba otra. Enfilábamos la puerta de las escaleras a la azotea cuando escuché de fondo la voz del profesor entonando un conocido tango argentino, superdesafinado para variar. De reojo conseguí ver que la horda se quedaba paralizada, tapándose los oídos y que empezaban a retroceder horrorizados. Alcancé a agradecer con un saludo al frustrado tenor antes de que la puerta de las escaleras se cerrase y subiésemos como un rayo los tres pisos que nos separaban de la azotea. Al abrir la puerta, el ventarrón provocado por las hélices del helicóptero nos abofeteó las máscaras. Apunto estuve de perder la mía, la cual me sujeté con las dos manos mientras agachado me dirigía a las puertas abiertas del helicóptero.

Subió Marta primero, faltaría más. Sin embargo, Carlos y yo nos quedamos parados cediéndonos el paso el uno al otro. Él me decía que su invitado primero y yo le decía que mi ídolo primero. Tuvo que venir el maromo de seguridad a romper ese momento mágico de respeto y admiración mutuos. Nos cogió a cada uno del pescuezo con una mano y nos metió del tirón en la cabina del helicóptero. Si este pavo se metía con nosotros en el helicóptero lo tiraba por la borda sí o sí. Pero se salvó de morir despeñado porque decidió volver a ayudar a los que habían quedado atrás, no sin antes ponerse unos tapones en los oídos para poder maniobrar entre la turba sin verse afectado por el fuego amigo del arma sónica del profesor.

Nos acomodamos en los asientos traseros del helicóptero, nos abrochamos los cinturones de seguridad y nos pusimos los auriculares siguiendo las instrucciones que nos indicaba el piloto con gestos desde la cabina delantera. ¡Ay ay ay ay ay…! No me lo podía creer. El piloto era Mateo, el mismísimo chófer de Carlos Cansina. Me sonreía como diciendo confía en mí, pero yo ya andaba pensando si esta gente me había montado un programa de esos de inocentadas que presenta JuanMa López Ytuganas. Seguro que ahora me llevaban en helicóptero a la Plaza Mayor de Madrid y la Presidenta de la Comunidad Isabel Yome Acuso me recibía con un ramo de flores enorme y me imponía el lazo gigante de la Gala Inocente Inocente.

—Usted dirá don Carlos. O don Garbi, o doña Marta, donde ustedes me digan allí les llevo —nos dijo Mateo mientras levantaba el vuelo.

—Mateo, ¿hay gasofa para llegar a Córdoba? —me adelanté yo medio en broma medio en serio— que yo ya no puedo más con el ritmo de la ciudad condal.

—¡Pero qué dices Garbi! No te puedes ir así, por favor —replicó Carlos. Marta seguía catatónica, no terminaba de entrar en la conversación.

—Carlos, ha sido un placer de verdad, pero casi que prefiero volver a mi hotel y descansar. Es que desde que he puesto el pie en Madrid no me han parado de pasar cosas raras y estoy algo cansado —respondí rememorando para mis adentros a María Purísima, el taxista descerebrado, el taquillero chingón, Ernesto el hombre-paquete o el pijodelegado 2πr viscoelástic@.

—Siento de veras que todo se nos haya ido de las manos Garbi, de verdad que lo siento —se disculpó Carlos—. Tenía que haber anticipado que tu entrevista provocaría una situación como la que ha ocurrido. Si de algo te sirve, que sepas que nunca antes me había divertido tanto en el estudio, te lo digo de corazón. El programa de hoy ha sido el mejor de toda mi carrera. Nunca me lo he pasado tan bien entrevistando a alguien, créeme. Ni siquiera en la entrevista con aquel presidente del Gobierno que la lio parda con las nacionalidades andaluza, vasca, gallega, catalana, española y europea —en la cara se le notaba que decía la verdad.

—Descuida Carlos, volveremos a vernos —respondí—. Después de lo que ha pasado hoy, todos seremos amigos para siempre, incluido Mateo tu chófer-piloto. Antes de conocerte a ti lo invité a venir en AVE-rebufo a Córdoba a tomarnos unos flamenquines y a Málaga a tomarnos unos espetitos de sardinas. La invitación la hago extensiva a todo el equipo. Estoy seguro de que todos habrán salido ilesos de la algarada gracias al profesor. Os venís todos, incluido el equipo de seguridad, que ahora tengo sitio en casa de sobra. Incluso te traes al jefe de seguridad que ha sido un poco (bueno, bastante) borde en algunos momentos. Pero le perdono, estaba sometido a mucha tensión el pobre, tensión extrema. Le pondré en contacto con el presidente para ver si le da una excedencia y que le cuide los bonsáis de la Moncloa por una temporada, que al presidente me consta que no le gusta nada hacerlo.

—Será un placer volver a verte y conocer a toda tu familia. Seguro que es tan encantadora como tú —me dijo Carlos poniendo su mano sobre mi hombro.

—Infinitamente más que yo, Carlos —repliqué, acusando el halago—, mi familia es infinitamente más encantadora que yo. Mi chiqui, mis dos ratones y mi erizo. Los cuatro… —y girando la cabeza me dirigí a Mateo—. Señor chófer, por favor, ¿me dejas en el Retiro y desde allí me voy andando a mi hotel? —le pedí con sorna— y, mientras tanto, ¿me vas contando como te hiciste también piloto de helicóptero?

—Te lo cuento delante de esas cervecitas con flamenquines cordobeses, Garbi ¿hace? —me preguntó Mateo.

—¡Hecho! —respondí yo levantando el pulgar, anticipando el futuro encuentro.

—¡Pues yo me apunto! —exclamó Marta que parecía estar de vuelta de su viaje astral

—Estáis todos invitados, Marta —respondí—. Además quiero que conozcas a mi editora, Matilda Carajaula. Seguro que nos propone que escribamos algo juntos, que me pidió que le presentase nuevos talentos para su editorial, ¡y que tú tienes mucho talento, campeona!

En cinco minutos llegamos al Parque del Retiro. Mateo propuso aterrizar al lado de la Fuente del Ángel Caído, que había sitio. Sin embargo, al sobrevolar el estanque vi que en el centro había una barca vacía, lo mismo se había soltado de su amarre. Le pedí que me dejase allí. Me hacía ilusión bajarme agarrado en la polea en plan Los Vigilantes de la Playa, como Kamela Anderson pero sin flotadores. Me despedí de mis nuevos amigos diciéndoles adiós con la mano mientras la polea me dejaba suavemente sobre la barca, que iba a la deriva como la de Remedios Canaya.

# CAPÍTULO 12

## Una retirada a tiempo siempre es una victoria.

En cuanto vi alejarse el helicóptero, con Marta y Carlos despidiéndose con la mano, me quité la máscara de Igelkott. Estuve a punto de tirarla al agua del estanque, de la rabia que tenía por lo mal que había terminado mi primer encuentro con mi Carlos Cansina. Pero justo en ese momento vi que salían burbujas cerca de la barca, a las que inmediatamente le siguió un tipo con traje de neopreno. ¿No habrá sitios para practicar submarinismo en condiciones en la provincia de Madrid, con la de costa que tiene? Supuse que este pez era el dueño de la barca, pero no me apetecía nada ponerme a explicarle como había aparecido en ella (total, no se lo iba a creer). Así que agarré rápido uno de los dos remos y le di un suave toque en la cabeza, sin forzar, flojito, lo suficiente para que perdiera el conocimiento y no me hiciera preguntas incómodas. Le puse el flotador para no incurrir en ninguna ilegalidad y me puse a remar para llegar al embarcadero.

Amarré la barca y, haciendo buena la copla *Al pasar la barca le dije al barquero las niñas bonitas no pagan dinero,* le comenté al mozo de las barcas que había un hombre flotando en el estanque aquejado de mal de altura, que se había despeñado desde el helicóptero que acababa de pasar. Y que mejor no perdiese el tiempo en avisar a la Unidad Canina Subacuática Aerotransportada de los GEO que esos inflan el globo soplando con pajitas. Le aconsejé que era preferible que fuese él al rescate, en su calidad de encargado de la Flota Náutica del estanque y por ende máxima autoridad de Salvamento Marítimo del Parque del Retiro.

Me iba a conectar a Google Maps para que me indicase el camino a mi hotel, que el parque del Retiro es como media Córdoba, cuando vi que tenía varias llamadas perdidas de mi chiqui (lo había puesto en silencio al empezar la entrevista). Le devolví la llamada.

—¿Estás bien? ¿Estás bien? —me preguntó asustada al responder mi llamada.

—Claro que estoy bien —contesté—. ¿Por qué lo preguntas? —proseguí intentando hacerme una idea de qué sabía y qué no, para no asustarla aún más.

—Es que cuando ya estabais desvariando del todo, que menuda juerga os habéis pegado en directo so golfos, de pronto se escuchó la voz de una mujer diciendo

«¡Carlos, tenemos una emergencia. Pero una emergencia gorda, gorda! Mejor habla con el Jefe de Seguridad que te diga lo que tenemos que hacer». Y en ese momento se cortó la emisión —me explicó aún alterada.—. Al poco tiempo una voz en *off* anunció que había un problema técnico que impedía seguir la transmisión. Pero todo el mundo había escuchado a esa señora diciendo lo de la emergencia.

—Tranquila mujer, simplemente fue un aviso de bomba, pero resultó ser falso —falso yo, que le estaba mintiendo sobre la marcha—. Por lo visto hay un tipo que cada dos por tres dice que va a volar los estudios de Onda Cero. A veces llama pero como ya le tienen controlado el número de teléfono, pues no le echan mucha cuenta. No obstante, resulta que hoy se ha presentado con un paquete debajo del brazo del que salían unos cables y cuando entraba por la puerta dijo que era una bomba y que la iba a explotar si no le dejaban hablar con Carlos Cansina. Y bueno, activaron el protocolo de emergencia y por eso cortaron la emisión, simplemente como medida de precaución. Terminó siendo otra falsa alarma, pero esta vez se lo llevaron detenido, que había llegado demasiado lejos —dije totalmente alucinado de lo fácil que me salía la mentira. No se iba a dar ni cuenta.

—Cariño, tú no me estás diciendo la verdad. Ha pasado algo serio y no me lo quieres decir.

—Que no chiqui, tranquila, que todo ha sido una falsa alarma —intenté calmarla.

—¡Que no me la pegas! —empezaba a exaltarse y eso ya es raro, que mi chiqui es la mujer más tranquila y sosegada del mundo—. ¡Que tú me estás ocultando algo! ¡Ahora mismo están dando la noticia en la tele que Carlos Cansina y una vidente acaban de tener un accidente de helicóptero cerca del Palacio del Pardo! ¿¡Me quieres decir de una vez qué ha pasado!? ¡Dime que estás bien por favor, por favor!

—¡Qué Marta y Carlos han tenido un accidente de helicóptero! ¿Y en el Pardo? ¡MECAGOENELGENERALÍSIMOOOO! ¿Estás segura de lo que me estás diciendo?

—¡Pues claro que estoy segura, tontaco! ¡Qué lo están mostrando por la televisión ahora mismo! —me gritaba por el teléfono.

—Vale chiqui. Tranquila. Me has pillado venga, pero confía en mí ¿vale? Ha habido un problema serio en el estudio y nos han tenido que evacuar en helicóptero. Han debido de tener el accidente después de dejarme a mí en el parque del Retiro. Yo estoy bien. ¿Qué están diciendo de Marta y Carlos, están heridos? —pregunté muy inquieto. No quería ni imaginarme que algo serio les hubiera pasado, no podría perdonármelo nunca.

—Parece que han salido ilesos, unos rasguños nada más —me explicaba aún alterada—. Están bien. Están mostrando un vídeo que algún testigo ha grabado con el móvil. Se ve como salen por su propio pie por una puerta del helicóptero, que ha caído de costado. No ha sido un accidente, ha sido un aterrizaje de emergencia.

—Chiqui, va a ser muy largo de explicar ahora. Voy corriendo al hotel, cojo mis cosas y me voy para Córdoba en el primer transporte que pille ¿vale? Y sobre todo tranquila. Estoy bien, no me ha pasado nada. En cuanto llegue te cuento todo lo que me ha pasado desde que ayer me metí en el AVE, que lo vas a flipar —intenté tranquilizarla del todo—. Llama a Matilda y Anduriña y les dices que estoy sano y salvo, que creo que me están entrando llamadas suyas. Tranquilízalas tú y diles que nos vemos en casa en cuanto llegue ¿de acuerdo?, que este fin de semana lo iban a pasar juntas en Córdoba.

—Cariño, de verdad, que estoy muy muy asustada. Prométeme que estas bien y que te vienes para acá ya, por favor —me suplicó con un cierto temblor en la voz.

—Te lo juro chiqui, en unas horas estoy ahí, confía en mí. Te llamo en cuanto encuentre algo para ir para casa. Ahora corto y te voy mandando wasaps con lo que vaya organizando. Que quiero llamar a Carlos a ver como está. Un beso cariño, te veo en un ratito —dije intentando cortar la conversación y tirar para el hotel.

—Vale. Cuídate por favor, que te quiero mucho y los niños también. E Igelkott también, que pregunta por ti con el teclado del portátil.

—Te quiero chiqui, te voy contando. Besos a todos, y no olvides llamar a Matilda y Anduriña y tranquilizarlas —dije mandándole un beso y colgando.

¡Joder, joder, joder! No me lo podía creer. ¡Un accidente de helicóptero! Marta y Carlos parecían estar bien, pero mi chiqui no me había dicho nada de Mateo, el piloto-chófer. Empecé a llamar a Carlos pero me saltaba un mensaje de que su móvil estaba apagado o fuera de cobertura. Lo mismo se le había dañado en el accidente. No tenía ningún otro contacto de la emisora, así que no podía enterarme de que había pasado ni como estaban ellos y los demás colaboradores.

Por primera vez Garbi Zuzunaga se arrepentía de su autoimpuesto anonimato…

Me fui corriendo al hotel tirando de Google Maps. En cuanto llegué a la habitación conecté la televisión. Prácticamente todos los canales estaban hablando de lo acontecido en los estudios de Onda Cero y luego con el helicóptero. Puse La Sexta, que me gusta el presentador que ponen en todos los fregaos, Antonio García Perreras. Es superintenso, pero me resulta muy gracioso todo el rato preguntando a unos y a otros, gesticulando con los brazos, que me recuerda a un orangután cabreado. Justo estaba dando las últimas noticias en directo.

—…siguen siendo confusas en estos momentos. Lo único que sabemos es que todo se inició cuando una turba descontrolada, azuzada por un recepcionista histérico y una caterva de niños pijos con problemas estomacales ha entrado a la fuerza en los estudios de Onda Cero, en San Sebastián de los Reyes. Parece que Carlos Cansina estaba entrevistando a Garbi Zuzunaga, la última revelación del universo literario —ahí me sentí halagado, no os voy a mentir— y no estamos seguros si la multitud quería que les firmase el libro o si por el contrario le movían otros motivos para irrumpir de esa forma en las instalaciones de Onda Cero. Según nos indican fuentes no gubernamentales, el servicio de seguridad evacuó en helicóptero al escritor junto al presentador y una colaboradora del programa. Por razones que se desconocen, y después de sobrevolar el centro de Madrid, el helicóptero se dirigió al norte donde, según testigos en el lugar de los hechos, empezó a realizar movimientos extraños hasta que realizó un aterrizaje de emergencia en los Jardines del Palacio del Pardo.

Hasta este momento lo que sabemos es que la colaboradora, Marta García Mañana, y el mismo Carlos Cansina están a salvo e ilesos. El piloto del helicóptero ha sido evacuado en ambulancia a un centro hospitalario aunque parece que su estado no reviste gravedad. No obstante, no se sabe qué ha pasado con el escritor que, según el equipo de seguridad de los estudios de Onda Cero, iba también en el helicóptero siniestrado. Hay temor de que Garbi Zuzunaga haya podido caer del aparato cuando empezó a realizar los movimientos extraños que le obligaron al aterrizaje forzoso. Las fuerzas de seguridad están movilizando refuerzos para inspeccionar tejados, jardines, piscinas por si encontrasen el cuerpo espachurrado en las inmediaciones del lugar del accidente.

¡Absolutamente decidido! Me piro ya, ¡PERO YA!, de la ciudad condal, que han empezado a matarme de forma oficiosa y no pienso quedarme a hacerme noticia oficial. La capital de España no es para mí, conclusión inamovible tras día y medio de experiencias ultraterrenas. Apagué la televisión y me puse a llamar a Renfe para comprar un billete de AVE a Córdoba. El agente que me atiende me dice que hoy viernes es la víspera de la Feria de Sevilla y que no quedan billetes para Córdoba y Sevilla para los próximos días, que está todo agotado. ¡Cagoentó! Llamo a la estación de autobuses y lo mismo, que está todo reservado por la Feria de Sevilla y que no tienen hueco hasta el lunes.

*[Nota informativa, deferencia del autor:*

*Tengo que reconocer que los sevillanos son unos genios a la hora de venderse al mundo. ¡Feria! La Feria de Sevilla la más grande, y te meten un millón de personas. ¡Semana Santa! La Semana Santa de Sevilla la más grande y te meten un millón de personas. ¡Metro! El metro de Sevilla el que más tarda en hacerse, un millón de días y solo tienen una* línea. Lo dicho, los mejores comerciales del mundo. De todas formas, y con todos los respetos para nuestros limítrofes compatriotas andaluces, yo prefiero a mi Córdoba: Las casetas de feria son públicas y son grandes para poder ir con la familia, con los amigos, con los compañeros del trabajo y si se tercia con los padres del AMPA y además, no hay código de vestimenta, puedes ir como te dé la gana. En Sevilla las casetas son casi todas privadas, enanas como una caja de zapatos japoneses, que si vas con los niños o los abuelos se tiene que salir el cocinero y el cantaor de flamenco porque todos no caben. Y si no vas con traje de Velatorio y Justino y pajarita de Carolina Huevera no entras. Así luego les dan los soponcios que les dan, de la calor del traje y del agobio de las estrecheces.

La Semana Santa igual. Yo prefiero ir tranquilito, ver los pasos sin bulla, en el Patio de los Naranjos de la Mezquita, que está abierto al público y lo mismo, hasta con suerte, te puedes sentar en el rebate que está en alto. Y con unas pipas (echando las cáscaras en una bolsita, nada de ser incívico y ensuciar el Patio de los Naranjos) echas una tarde como un rey viendo pasos. En Sevilla, si quieres ir a ver la salida de una procesión te tienes que ir una semana antes para poder pillar sitio. Si vas más tarde, puedes querer ir en una dirección pero como los otros novecientos noventa y nueve mil novecientos noventa y nueve vayan en la otra, en vez de ver la Macarena ves la del Cerro del Águila, pierdes toda tu autodeterminación eclesiástica móvil. Aparte que también *tienes que ir de traje, si no te excomulgan. Y en la zona de la Catedral te ponen vallas de dos metros de altura y no puedes ver ni los gayumbos del Giraldillo.*

*Y el metro de Córdoba... pues no nos hace falta, que Córdoba es chiquita pero muy bonita y puedes ir andando a la Plaza de la Corredera, a la mezquita, a la judería y si me apuras hasta al Hospital Reina Sofía cuando tienes que ir a regalarle Airgamboys al niño de tu vecino que le han operado de fimosis.]*

Pues nada, que gracias a la Feria de Sevilla no tenía forma de volver a casa. Pensaba ya en la posibilidad de alquilarme un coche o pagar un dineral de Ubre o Clasify (tengo dinero a espuertas, no es problema). Y me hubiera pillado un helicóptero sino hubiera sido por el episodio de hace unos minutos. Entonces me acordé de que unos años atrás me hice de BlaBlaCar. Fue cuando cursé un Máster de Modelado Artístico en Chapa en Badajoz. Como tenía que ir en mi propio coche, pues me llevaba pasajeros de Blablacar y así me daban conversación y me compensaba la gasofa.

Me metí en la aplicación a ver si había algún conductor que fuese para Córdoba y que saliese cerca de mi hotel. Y, ¡por fin!, tuve suerte y encontré un viaje que salía del Retiro en una hora y tenía aún un sitio libre. Lo único que pedía era que no llevase equipaje, que tenía el maletero ocupado. Pero como no llevaba más que una mochilita pequeña, que podía llevar conmigo dentro del coche, le pedí plaza. Al instante me respondió aceptando, aunque conminándome a estar puntual, que salían en breve. Le respondí que no se preocupase, que no iba a perder el viaje por nada del mundo. ¡Ya ves!

Terminé de preparar mi mochila, pagué el hotel (tremenda alegría me dio saber que el recepcionista no se llamaba Retiro, este era otro barrio) y a los veinte minutos estaba ya esperando el coche de Blablacar en la Puerta de la Independencia del parque. Le escribí un WhatsApp a mi chiqui y a Matilda, diciéndoles que cogía un Blablacar, que era imposible ir en tren o autobús por lo de la Feria de Sevilla. Matilda me respondió que estaban ya en casa esperando a que llegase. Y mi chiqui, que es una guasona aún en momentos complicados, me responde «Pues dile al conductor que vaya con cuidado, *mi arma*».

Luego busqué las noticias en el móvil y confirmé que Marta y Carlos ya estaban en su domicilio con protección policial por si a alguien se le ocurría acosarlos. Igualmente, Mateo estaba fuera de peligro, pero al haber tenido un golpe en la cabeza al caer el helicóptero de lado, lo mantenían unas horas ingresado por precaución. Pero en lo que más ahondaban las noticias era sobre las especulaciones del paradero del famoso e incógnito escritor Garbi Zuzunaga. Las batidas hasta el momento no habían dado resultado. Yo imaginé que Carlos ya le habría dicho a la Policía que me habían dejado en el parque del Retiro y ahí me perderían la pista. O lo mismo, con lo sagaz que es mi Carlos, capaz era de haberles dicho que me habían dejado en otro lugar para despistar. Me inclino por esta segunda posibilidad porque no veía Policía por allí, por el Retiro.

Volví a llamar a Carlos y esta vez sí que me lo cogió, pero me resultó raro que no me respondiese por mi nombre.

—¿Sí, dígame? —contestó Carlos al responder a la llamada.

—¿Carlos? Soy yo, Garbi.

—¡Garbi! ¿Estás bien? ¿Dónde estás? No he podido llamarte antes. Hemos tenido un accidente con el helicóptero y perdí el móvil allí. Ahora estoy en mi casa y me derivan las llamadas del móvil al fijo de casa. ¿Estás bien Garbi?

—Sí Carlos, no te preocupes, estoy bien, salgo para Córdoba en unos minutos. ¿Qué ha pasado? ¿Mateo está bien? —pregunté algo más tranquilo tras saber por las noticias que Mateo no tenía nada grave.

—Estamos todos bien Garbi, gracias. Después de amerizarte en la barca del Retiro, Marta nos pidió que la dejásemos en casa de sus padres, que tienen una casita por la zona del Pardo. Y justo yendo de camino parece que una gaviota o una cigüeña o un dron decidió suicidarse metiéndose entre las hélices del helicóptero. El helicóptero empezó a cabecear, a dar vueltas y a Mateo no le quedó otra que intentar un aterrizaje de emergencia.

Desde la altura vio que en la explanada del Palacio del Pardo aún seguía instalado el hospital de campaña del día anterior. No sé si te has enterado de que ayer hubo un incidente con un taxista adicto al Ponche Caballero y que la Policía encontró varias manos. Montaron un hospital de campaña por si encontraban los cuerpos que faltaban a las manos, pero no encontraron nada más.

—¡Qué va! No tenía ni idea —mentí, intentado olvidar de mi memoria el día anterior.

—Pues Mateo decidió intentar el aterrizaje de emergencia allí —prosiguió Carlos— y afortunadamente podemos contarlo. Mateo es increíble. Ya es la segunda vez que sale indemne de un accidente de helicóptero. Hace años tuvo otro cuando llevaba al presidente del Partido Pijo, que luego llegó a ser presidente del Gobierno y a la entonces presidenta de la Comunidad de Madrid. Fue al despegar de la plaza de toros de Móstoles, que fueron a tomarse unas croquetas en un bar superfamoso, La Encanna. Y no les pasó nada a ninguno. Bueno creo que el presidente del PP se le rompió un meñique y se lo entablillaron, le vino perfecto para tomar el té en modo superpijo para coger la taza con el dedo estirado.

—Sí, recuerdo perfectamente cuando ocurrió, se salvaron de puro milagro, pudo haber ocurrido una desgracia —dije yo pensando en cómo le hubiera ido a España y a Madrid si el accidente hubiera sido un poquito más serio y les hubiera apartado unos añitos de la política a estos ilustres próceres.

[Nota informativa, deferencia del autor:

Carlos tuvo entrevistas históricas con ambos representantes de la ciudadanía. Destemplanza Aguirre se empeñó en hacer la entrevista en inglés, que le encanta practicarlo siempre que puede. Tiene muy buena entonación porque estudió con profesoras nativas en las Escolapias Paraguayas. Estuvo muchos años en política, pero siempre ha mantenido que lo que más le hubiera gustado en la vida es ser criadora de ranas invigilando. No sé por dónde cae vigilando, debe de ser un barrio muy exclusivo de Madrid con sus pantanos y todo, porque yo nunca lo había oído mencionar.

Y la entrevista de Carlos con el que luego fue presidente del Gobierno, Matutano Rajoy, también fue emblemática. Al contrario que su compatriota Destemplanza, Matutano se empeñó en hacer la entrevista en español. Él también domina el inglés a la perfección, pero es un hombre castizo y dice que solo habla inglés en la intimidad («It is very difficult todo eso», le suele decir a su señora, cuando intentan implementar nuevas posturas). Matutano es un tipo muy campechano, como nuestro rey hermético (calladito), y dio mucho juego en la entrevista. Demostró un bagaje excepcional sobre la legislación europea en cuanto a las distintas nacionalidades. Pero siempre lleva la nacionalidad española por bandera: «¡Los españoles son muy españoles *y mucho españoles!», ha mantenido siempre. En aquella entrevista se sinceró con Carlos, confiándole que su pasión desde chiquito (aparte del fútbol que todo quisqui sabe que es culé, culé), era la de ser inventor de trabalenguas. Y la verdad que talento para ese trabajo tenía el gachón. No hay más que recordar el trabalenguas que se calzó en mitad de un mitin: «Y es el vecino el que elige al alcalde y es el alcalde el que quiere que sean los vecinos el alcalde».]*

—Me alegro enormemente que Mateo, Marta y tú estéis bien, de verdad Carlos. —continué— ¿Sabes algo de los demás tertulianos que dejamos en la emisora? —pregunté con inquietud.

—Las noticias son aún algo confusas Garbi, pero parece que sí, que todos están bien —me contestó—. Begoña, Rubén y Roberto salieron sin problema en la carretilla del Mercadona por el sótano. Aprovecharon para devolverla y hacer la compra de la semana. Y los que lo tenían más difícil, el profesor, Toni, Paco y Javier también parece que están bien. En cuanto el profesor se puso a cantar toda la gente que invadió la emisora se volvió por donde entró. Él ha sido el héroe de la jornada y le debemos que todos estemos a salvo —dijo Carlos con cierta emoción en la voz—. He hablado con él hace unos minutos y me ha dicho que este episodio le ha traído de vuelta las ganas de dedicarse a la canción y que va a intentar grabar un disco de canciones navideñas. Yo, desde ahora, le dejaré que cante en mi programa, se lo debo.

—Genial Carlos —dije con genuina alegría—. No sabes lo tranquilo que me dejas. Ahora voy a irme a Córdoba. Una vez la cosa se tranquilice vamos hablando ¿vale? Dales un abrazo a todos en la emisora, y uno especialmente fuerte a Mateo. Ya mismo os venís todos a Córdoba a reunirnos de nuevo. Gracias por todo, Carlos. Un abrazo fuerte, fuerte.

—Gracias a ti Garbi, un placer conocerte, espero que pronto pueda verte la cara —me dijo Carlos con cierto tonito de cachondeo…, ya me lo estaba imaginando con esa sonrisa a medias característica suya.

—Descuida que me verás la cara. Pero no pongas las expectativas muy altas, que lo mismo me pides que me vuelva a poner la máscara de Igelkott cuando me veas la jeta ¡jajajaja! Un abrazo fuerte Carlos.

—¡Estamos en contacto, campeón! —se despidió Carlos y colgó.

Me guardé el móvil en el bolsillo justo cuando veo que se me acerca una chica vestida con traje de gitana, moviendo los brazos como si estuviera bailando sevillanas, con todos sus volantes, con muchos lunares en el traje y uno en la cara, con su abanico, con su flor en el pelo y con un rizo en la frente. Madrid…, ciudad sorpresa sin fin.

# CAPÍTULO 13

# MecagoenelRatónMickyenelPatoDonaldenBambienLosSieteEnanitosenLaSirenitaysobretodoenelFROZENquelosparió

—Hola. ¿Eres tú quién ha reservado el Blablacar a Córdoba? —me preguntó la chica del traje de gitana.

—Sí... sí —dije titubeando. Lo último que me esperaba era encontrarme a alguien vestida de gitana en el parque del Retiro de Madrid, pero visto lo visto ya no debería sorprenderme nada en esta ciudad. Afortunadamente, ya la abandonaba.

—Pues vente conmigo al coche, que el conductor está mal aparcado y me ha mandado a por ti. Me llamo María, pero ¡llámame Marifé que voy a la Feria de Sevilla y me he pillado un Airbnb en Triana! —dijo girándose y arrebolando los volantes de su traje de gitana.

—Te sigo al coche ¡*mi arma*! —le respondí dejándome llevar y resignado ya a que la maldición de la ciudad condal me iba a perseguir al menos durante unas cuantas horas más. Con ese acento madrileño del Barrio de Salamandra y con esas eses al hablar, Marifé parecía tan sevillana de Triana como yo congoleño de Koala Lumpur. Cuatro horas a Córdoba. Aguanta Garbi, aguanta campeón.

En el coche de Blablacar (un Seat Manteca, como el mío) estaba sentado ya el conductor, que se presentó como Julio y que estaba todo el rato moviendo los dedos pulgares, superrápido, sin parar. A su lado estaba un chavalín muy bajito, con un bigotito a medio camino entre el de Dalí y el de Antonio Alcántara de *Cuéntame*, vestido con un traje militar muy elegante, creo que era un uniforme de gala. Y entre las piernas tenía como la funda de un paraguas o algo así, que llegaba desde el suelo del coche hasta casi alcanzar el techo. Me pareció raro que llevase un paraguas porque en Madrid ese día hacía un sol espléndido. Se presentó como alférez Prado (no podía ser de otra forma, mientras no me alejase de esta ciudad la pesadilla no iba a acabar). Para terminar la tripulación, Marifé, que se había sentado en el asiento trasero central me presentó a Fransuá, su novio francés. Era un tipo muy raro, no abrió la boca. Quiero decir, que no dijo nada, pero la boca ya la tenía abierta, no sé si es que respiraba como los peces. Marifé me dijo que Fransuá no hablaba español y que era un poco tímido y retraído. Yo le di las buenas tardes en su idioma para romper el hielo y ser cortés.

—*Bonanit* —le dije, pero el *misié* ni se coscó, pelín maleducado el gabacho. Yo me presenté con mi nombre verdadero, igual ya lo sabían porque aparece en la aplicación de Blablacar. Pero para vosotros lectores, me llamaré Acisclo, nombre ficticio que honra al patrón de Córdoba (tened en cuenta que vosotros sabéis quien soy, pero ellos no).

—Perdona que no tenga sitio en el maletero. No te importa llevar la mochila en las rodillas ¿verdad? —me preguntó Julio, el conductor.

—Sin problema Julio, no te preocupes —respondí.

—Es que llevo el maletero lleno de mandos de la PlayStation —ahora entendí que la criatura estuviera todo el rato moviendo los dedos pulgares. Era como los chinos esos que salen en la tele resolviendo el cubo de Rubik con los ojos cerrados—. Trabajo reparando mandos que la gente descarta y los vendo de segunda mano —prosiguió—. Es un negociazo, ahora la mayor parte de la gente compra mandos nuevos en vez de arreglar los que se les estropean. Aquí en Madrid hay un almacén enorme de mandos desechados, los compro al por mayor y me los llevo para abajo.

—Pues me quedo con tu teléfono Julio, que mis hijos se funden los mandos de la Play que no veas. Entre el Fornite y el FIFA24 vamos a dos o tres mandos por año. Tú, ¿dónde tienes tu negocio? ¿En Sevilla? —pregunté. Aunque podíamos comprar mandos nuevos tuneados y personalizados todos los días, seguía intentando inculcar a mis dos ratones el valor de las cosas y reciclar en la medida de lo posible.

—No —me comentó Julio—. Yo soy de Carmona y allí tengo mi negocio principal, pero tengo también una tienda en Sevilla, y estos mandos los voy a llevar para allá. Me voy a quedar estos días en la Feria de Sevilla y en los ratos muertos los voy reparando en mi sucursal de la capital. Entre resaca y resaca arreglo los mandos —dijo entre risas.

—Ahora me explico el tic nervioso que tienes en los pulgares, supongo que de probar los mandos que reparas ¿no? —continué la conversación.

—Sí, cada vez que reparo un mando echo unos FIFAS para ver que va todo bien y funcionan a la perfección. Muchas veces aprovecho el vicio y ayudo a mi madre, que le encanta el ganchillo. Nos echamos carreras los dos a ver quién hace primero un jersey o una bufanda o lo que sea. Suele ganar ella, y estoy seguro de que si le gustase la Play me fundía al FIFA. Pero yo también voy muy rápido con las agujas del ganchillo, del manejo que tengo con los mandos. Estamos pensando mi madre y yo en poner una tienda online de ropa de ganchillo. A la velocidad que la hace, se va a hinchar.

—Joer Julio, esto te viene de familia entonces. ¿Paras en algún momento de mover los dedos? No hago más que pensar el pollo que puedes liar comiendo sopa o guisantes con jamón —pregunté la mar de intrigado e imaginándome como pondría el comedor de gotelé.

—Sí, a veces tengo problemillas porque no puedo parar los dedos —respondió Julio—. En esos casos mi madre me pone un bol lleno de hielos y me obliga a tener las manos metidas dentro durante al menos diez minutos antes de comer. Así la comida transcurre con tranquilidad.

—¿Y no es un poco peligroso que conduzcas con ese tic nervioso tan acentuado? —interpelé con inquietud, que ya me iba a jorobar encontrar la muerte en la carretera de camino a Córdoba cuando la había esquivado varias veces en mi querido Madrid.

—¡Qué va! No te preocupes, tranquilo, yo soy prudente y no habrá problema —intentó calmarme—. De todas formas, llevo debajo de mi asiento una bolsita térmica llena de hielos por si me da un brote. —«Totalmente tranquilo me dejas, hijo», pensé para mí.

—Pues a mí los juegos que más me gustan son los de disparos, tipo Call of Duty o Battlefield —intervino el alférez Prado. Para ser un niñito tenía una voz profunda como la de Rambo.

—¿Y qué haces con el uniforme de gala y con un paraguas si hace un sol tremendo? —le pregunté cambiando de tema, que no quería entrar a discutir que el Tomb Raider es el mejor juego de todos los tiempos.

—¡Qué paraguas ni qué paraguas! ¡Cómo se nota que eres un civil! —otro subidito, pensé con resignación acordándome del 2πr. El militarcito ya me tuteaba y mira que le triplicaba la edad al pavo. Además, cuando exclamaba, la voz de Rambo se le afinaba un poquito—. Es el sable del traje de gala —dijo con un tonito de orgullo y superioridad.

Empecé a pensar qué lo mismo me convenía saltar del coche en marcha, aún a riesgo de magulladuras y alguna fractura, antes que terminar decapitado por el soldadito o espachurrado contra un camión o en una cuneta por el conductor del tic nervioso digital de dedo pulgar. Además, el niño castrense tenía como una funda en la cintura y pensé que lo mismo era la pistola del traje de gala, lo cual aumentaba las posibilidades de no salir vivo del coche. Decidí preguntarle para salir de dudas y tomar una decisión definitiva, aprovechando que por la ventanilla veía un puesto de ayuda en carretera de la Cruz Roja, si saltaba ahora, lo mismo me brindaban los primeros auxilios allí mismo.

—¿Y eso que llevas en la funda será entonces la pistola del traje de gala, para ir con el kit completo, no?

—¡Qué pistola ni qué pistola! —replicó, con la voz cada vez más fina. Me estaba empezando a cargar la prepotencia del mocoso recluta este—. Es la funda de la piedra pómez para afilar el sable.

—¿Pero la piedra pómez no es para quitarse las durezas de los pies, mi coronel? —me vine yo también arriba para ponerme a su nivel. Ya que iba a morir de nuevo, mejor caer en el campo de batalla con la frente bien alta—. ¿Para qué quieres el sable afilado si es de decoración? —aquí ya me la estaba jugando, la verdad…

—¡Qué decoración ni qué decoración! En la Academia General Militar de Zaragoza, donde desarrollo mi servicio a la Patria, nos han transmitido la necesidad de tener el sable siempre bien afilado para cualquier contingencia que pudiera acontecer —soltó el discursito el general con la voz ya como un jilguero. Y ciertamente con el mismo cerebro.

A punto estuve de decirle que eso sonaba a cantinela machisto-castrense, que a ver si se las estaba dando de gallito, pero no quise azuzarlo aún más. Al contrario, intenté reencauzar la conversación y rebajar la tensión para evitar bajas civiles.

—Y bueno, entonces por lo que veo vas a desfilar en la Feria de Sevilla ¿no? —pregunté tanteando.

—¡Qué desfile ni qué desfile! —cómo me estaba jodiendo la repetición de las respuestas del cabestro con galones y voz de pito—. Mi capitán se va a casar en la caseta de su familia en la Feria de Sevilla y nosotros le vamos a hacer el pasillo de sables. Por eso voy con el uniforme de gala y con sable de gala bien afilado.

—Y con la piedra pómez de gala ¿no? Y no me repitas otra vez lo de ¡Qué piedra pómez, ni qué piedra pómez! Que te veo venir mi teniente coronel —le espeté con guasa que ya me lo había calado y el militarcito era cortito, cortito—. Pues más os vale hacerle el paseíllo de sables ese fuera de la caseta, que con lo chiquitas que son en Sevilla, como se os ocurra hacerlo dentro de la caseta os fileteáis los farolillos, las orejillas de los familiares y las florecillas de las bailaoras.

—La piedra pómez es porque después del pasillo de sables, me voy a encargar yo de cortar el jamón de la caseta —aclaró el soldadito de plomo—. Cortarlo con sable es mucho más difícil que hacerlo con cuchillo jamonero, pero el sabor que le da es inigualable. He tenido que hacer un Erasmus+ castrense en Guijuelo para cumplir el deseo de mi capitán, que me lo pidió personalmente como regalo de bodas.

—Contenta estará la prometida con el regalito… —me arriesgué a seguir azuzando.

—Bueno, ella para compensar ha pedido al resto de la compañía que le alquilen una calesa y que Los del Trío (que ya solo son dos, uno falleció hace poco) le canten *Sevilla tiene un olor especial* como en la peli *Ocho Apellidos Francos* —explicó—. De hecho, el pasillo de sables se lo vamos a hacer cuando lleguen en la calesa, que la van a entrar dentro de la caseta hasta la barra para que al bajar les reciban descorchando botellas de Reburrito.

—Rebujito, criatura, rebujito —reburrito tú, pensé—. Pues si el pasillo de sables lo vais a hacer con ellos montados en la calesa, mejor subiros en las sillas de mimbre —le advertí—. Porque como todos los de tu compañía sean tan altos como tú, Tachenko, en vez de pasillo lo único que vais a conseguir es pincharle las ruedas a la calesa y a depilarle las piernas a los novios.

Decidí darle bola a la Marifé, que llevaba todo el camino moviendo los brazos como si estuviera bailando sevillanas y ahí dentro del coche me metía los volantes en la cara cada dos por tres. También se los metía en la cara a su novio, pero el tío seguía allí sin coscarse, con la boca abierta. Empecé a inquietarme no estuviéramos llevando un cadáver como en *La pequeña Miss Sunshine* (qué peli más buena, cómo me reí).

—Y tú Marifé, ¿cómo te ganas la vida? —le pregunté así, de sopetón, para romper el hielo. Poco me iba a arrepentir.

—Pues yo trabajo de dominatrix en Disneyland París —me respondió bajito, como si no quisiera que se enterase el conductor dactilofrenético y el microalférez.

—¡Toma ya! ¡Qué chulo! —exclamé—. ¡Claro!, como Disney ha comprado Marvel, pues ahora estará lleno de superheroínas —razoné—. ¿Y tú, entonces, sales de actriz en los espectáculos de superhéroes y superheroínas? ¿Cuál es tu superpoder? —le pregunté con verdadera curiosidad.

—Creo que te confundes Acisclo. Dominatrix no es ninguna superheroína, al menos no en el sentido que tú le estás asignando —me explicó.

—¿Que no es una superheroína? Pues no entiendo —dije intrigado—. ¿Qué es una dominatrix entonces? —repliqué con curiosidad.

—¿De verdad no sabes qué es una dominatrix?

—No sé chica, como no sea una nueva personaje de los espectáculos de Astérix y Obélix, no acierto a pensar qué puede ser —respondí con total honestidad—. Y porfa, Marifé, deja de mover los brazos que me estás afeitando sin cuchilla, *mi arma* —terminé pidiéndole, que no veas el masaje facial que me estaba dando con los volantes.

—Acisclo, las dominatrix somos las trabajadoras sexuales que realizamos trabajos de dominación, sumisión, sadomasoquismo, etc. —me explicó Marifé con rotundidad.

—¡Pero qué me estás contando, Marifé! —me revolví absolutamente desconcertado—. Eso no puede ser —intenté razonar —. ¡Si me estás diciendo que trabajas en Disneyland París que es el paraíso de los niños! ¡¿Cómo va a haber trabajadores sexuales en Disneyland, por Dios Santo?!

Estaba claro que el influjo maligno de la capital de España me perseguía, pese a ir ya a la altura de Los Llanos del Caudillo (en fin…), provincia de Ciudad Real. De verdad que pensaba que estaba al borde de la locura, que lo mismo en el AVE de ayer echaron un gas tóxico en plan prueba piloto y se les había ido de las manos porque yo estaba teniendo alucinaciones constantes, no podía ser posible todo lo que me estaba pasando…

—Ni te imaginas el mundo paralelo que hay en Disneyland, ni te imaginas —continuó, asustándome aún más—. Cuando los niños se están montando en las atracciones o disfrutando de los espectáculos y desfiles, no veas los espectáculos que se están montando sus padres y sus madres.

—Tú te estás cachondeando de mí Marifé, eso es imposible —dije tajante—. Los niños no pueden estar en los cacharritos y sus padres mientras tanto dándose de latigazos o apretados con ropas de cuero y pelotas de tenis en la boca o andando a cuatro patas, con collares y ladrando (esto es lo único que sabía de esas disciplinas pseudosexuales no tradicionales) —argüí, intentando aportar un poco de cordura a su argumento.

—Cómo te equivocas Acisclo, cómo te equivocas… —me respondió Marifé condescendiente—. Hay de todo. Por ejemplo, muchas parejas que viajan con sus hijos, en determinados momentos uno le pide al otro que se quede con los niños (esto lo hacen tanto los padres como las madres) y decide escaparse un rato con la excusa de que si las colas son muy largas, que si hace mucho calor y vuelvo un ratito al hotel, que si se me ha descompuesto el vientre con el cambio de comidas o cualquier otra excusa de lo más peregrina. Se acercan a nuestras instalaciones a que les hagamos de todo, a satisfacer sus instintos y deseos más oscuros y ocultos. Muchas veces vienen familias enteras con los abuelos, con sus hijos, los cuñados y con los nietos mayores de edad. Otro grupo espectacular son los padres de niños compañeros del colegio que viajan en plan excursión escolar. Esos son los que llegan más desatados, en cuanto dejan a los niños con alguien de la familia o amigos vienen en tromba, no damos abasto. A veces hasta hacen cuadrantes de horarios y un día viene un matrimonio o varios, mientras otro se queda cuidando todos los niños y al día siguiente vienen los que no vinieron el día anterior. Hay un mercado bestial. Tenemos paquetes de descuento y bonos de distintos tipos para familias o grupos, bien para que se den entre ellos o con otras familias, en el mismo idioma o en idiomas distintos, disfrazados de personajes de Disney… ya te digo, es todo un mundo. ¿En serio que no sabías nada de esto? —me preguntó con genuina intriga, imagino que viendo mi cara de absoluta alucinación conforme escuchaba sus palabras.

—Marifé, me dejas pasmadísimo —le dije con sinceridad, pensando ya en un libro de relatos cortos que podría llamarse *La verdadera razón por la que Walt Disney se criogenizó*—. Pero eso no puede ser. Mi chiqui (aquí le explique que me refería a mi señora, para evitar confusiones) y yo hemos mirado algunas veces por Internet, porque los niños nos han pedido ir, y nunca hemos visto anuncios de este tipo de actividades pseudosexuales no tradicionales.

—Actividades pseudosexuales no tradicionales..., eres un tío gracioso Acisclo. No me extraña, con ese nombre nada tradicional —me dijo Marifé con una media sonrisa y una mirada que no supe interpretar. Por un segundo pensé en cómo sería echar un ratito en plan dominatrix con ella... pero mejor no tentar la suerte por segunda vez, os lo cuento más adelante. Aparte de que soy agapornimonogámico, solo para mi chiqui.

—Que inocentón —continuó Marifé—. Obviamente en el Internet tradicional, como tú dices, no encuentras nada de eso, pero seguro que has oído hablar de la *Deep Web* ¿no? La Internet profunda. Pues ahí tienes toda la información de los servicios y todas las ofertas, descuentos y bonos para familias y grupos. Son los *Disney Ultimate Experience Bonus and Discount Programs.*

Yo me resistía a pensar que Disneyland París pudiera albergar ese submundo oculto dentro de ese mundo idílico de caricaturas, muñecos, risas, alegría, colas interminables... Es que no me cuadraba una actividad así en padres, abuelos, hermanos mayores de edad. El género humano no podría ser tan depravado...

—Que no lo veo Marifé, que no lo veo —intenté añadir un poco de raciocinio a esta locura de un Disneyland pseudosexual no tradicional—. ¿Y dónde realizáis esas prácticas? ¿En las mismas instalaciones del parque? Dime que no, por favor. Dime que tenéis una nave o un pabellón o un sitio alejado de los niños.

—Tú dices que has mirado en Internet, que alguna vez has pensado ir con la familia ¿no? —me preguntó—. Pues entonces recordarás que hay unos pases especiales, que pagas más para ahorrarte las colas ¿verdad?

—Sí, eso lo recuerdo. Lo llamaban el Fast Pass, acceso rápido ¿no?

—Pues nosotros tenemos el Fass Pass (*Family Access to Sex Sadomasoquism* en inglés) —me explicó—. Y está superbién montado, porque para no levantar sospechas las personas con el Fass Pass entran por la misma puerta que las del Fast Pass, pero luego ya dentro, las derivan por otro camino y las llevan a las instalaciones donde prestamos nuestros servicios.

—¡Pero eso significa que tenéis instalaciones para vuestras actividades en cada atracción! —le espeté a medio camino entre la indignación y la incredulidad más absoluta.

—No te me inquietes Acisclo, que está todo super bien organizado. Jamás nadie que no tuviera el Fass Pass ha accedido a nuestras instalaciones. Hay tantos puntos de control, que es imposible que un niño o un padre con el Fast Pass se cuele por la zona del Fass Pass o al contrario.

—¿Pero cómo es posible que Disneyland haya permitido semejante aberración en un parque de atracciones para niños? —pregunté desesperado. No podía creer lo que estaba oyendo.

—Por lo que he oído eso viene desde los tiempos del fundador de la franquicia, Walt Disney —aclaró Marifé—. Por lo visto era todo un personaje.

—¿¡Personaje! ¡Personaje!? Ya te digo yo que en vez de llevar a mis hijos a Disneyland los voy a llevar a donde quiera que esté el Walt Disney ese, le vamos a desenchufar el congelador y lo vamos a poner al sol con un traje de cuero negro. ¿Le gustaba el sado? Pues se va a jartar mientras se descongela —le grité a Marifé por lo bajo, que se me salía la indignación por las orejas, aunque ella no tuviera culpa la pobre—. ¿Y al bocabesugo de tu novio lo conociste ahí?

—Sí, aunque él trabajaba en otra sección —replicó.

—Pues viéndolo ahí todo el rato con la boca abierta ya me estoy imaginando la sección en la que curra y, por favor, no me expliques nada más que no quiero saber —le supliqué a Marifé—. Que me estoy mareando más que cuando intento hacer el camaleón con los ojos. Me perdonas un ratito ¿vale? —le pedí poniendo cara de pena—, que voy a intentar echar una cabezadita apoyado en la ventanilla. No me bailes mucho porfa, que si me restriegas los volantes no hay forma de dormir y tengo la cara desollada ya del viaje que me has estado dando.

Y cerré los ojos encomendándome al Altísimo (no confundir con el Generalísimo, que ese era más bien bajísimo) para que me diera un respiro y me dejase descansar y desconectar un poco del virus de la ciudad condal.

*[Permitidme aquí, para cerrar este capítulo, que os comparta mi única experiencia vital pseudomasoquista, que ocurrió hace ya mucho tiempo. Fue cuando me estaba preparando para las Oposiciones Nacionales a Chapista de Automoción. Parte de la bibliografía solo estaba disponible en inglés y como tenía claro que iba a hacer todo lo posible para sacarme esas oposiciones, me matriculé en la academia de inglés (que estaba muy cerquita de Simago y de la Editorial Independiente AlmadeCántaro, quién me lo iba a decir mira tú). Mi profesora, de la cual no voy a decir su nombre, era una rubia muy guapa, ojos verdes, con un pendientito de esos en el hueco de la nariz. Un bellezón inglés. El primer día de clase nos preguntó sobre qué trabajo queríamos tener en el futuro. Yo le dije que me estaba preparando para ser chapista. Ella me preguntó que qué era eso (llevaba poco tiempo en España y aún no hablaba bien nuestro idioma) y le expliqué en mi inglés macarrónico: Chapista is the person working in a garage reparing the cars that are spachurrated after a ¡pumba! It is basically golpeting and golpeting the metal until it recupera the original form.*

*No sé qué le pasó por la cabeza en ese momento, pero le noté un brillo en los ojos que me inquietó mucho..., aunque me inquietó aún más cuando, al finalizar la clase, me pidió* que me esperase un momento que quería hablar conmigo. Una vez solos en la clase, con su español limitadito, me preguntó:

—¿Tienes novio?

¡De sopetón tú, a bocajarro! Me quedé de piedra. Le dije que no, que en ese momento no. Y que a mí me gustaban las chicas y no los chicos. No añadí que nunca había tenido novia, tampoco era plan de entrar en detalle. Y la profe, ni corta ni perezosa me dice:

—¿Quieres salir contigo?

De piedra no, congelado me estaba quedando (cagoenWaltDisneyotravez). Eso solo pasaba en las películas. ¡Que morbo por Dios!, tu profe de inglés pidiéndote de salir. Le respondí que sí, pero que prefería salir con ella a salir conmigo mismo y así podíamos practicar los tiempos verbales que no los dominaba bien todavía.

—Seguro que practicamo otros cosas, chapita mío —replicó con inusitada confianza, pero yo no caí en ese momento a qué se podía referir.

El fin de semana siguiente quedamos para tomar algo (los días entre semana estudiaba a destajo y no salía). Nuestra primera cita, vamos. La llevé a algunos bares que solía ir con mis amigos, por la judería. Allí me dijo que ella era licenciada en Teología. Flípalo, Teología. Y que era vegetariana estricta. Yo le dije que muy bien pero que a mí me apetecía pedirme un flamenquín con mayonesa y papas fritas. Cuando le expliqué lo que era un flamenquín dijo que nanay, que ella no comía carne y que, por favor, no pidiera platos con carne que le daba mucho asco y no podía ver a nadie comer carne delante de ella, que vomitaba. Así que nada, nos pasamos la tarde noche comiendo tortilla de patatas y tapas de queso manchego. Tuvimos que echar unas cuantas cervezas para bajar el tapón vegetariano y ya con la calidez del alcohol pues nos fuimos sincerando.

Me comentó que estudió y se licenció en Teología porque pensaba hacerse monja, pero que luego se le pasó el apretón cuando a su padre una vez le regalaron dos entradas para un combate de boxeo. Como su padre estaba divorciado, le pidió a ella que lo acompañase. No le hacía mucha gracia lo de ir a un combate de boxeo, pero como quería mucho a su padre le dijo que sí, que iría con él. Y en cuanto sonó el gong y los contendientes empezaron a zurrarse, me dijo que sintió una excitación como jamás había sentido. Por lo visto lo pasó fatal, con su padre al lado y ella intentando controlar una especie de orgasmo continuo que le provocaba ver a los dos boxeadores dándose tortas como panes uno al otro. A mitad del combate no aguantó más y le pidió a su padre volver a casa, que no se encontraba bien. Se sentía culpable de haber sentido esa excitación tan inesperada como inexplicable. Su idea era irse directamente a una iglesia a confesarse, pero ya en el camino de vuelta sabía que su vocación religiosa se había quedado en el ring. Desde ese momento supo que lo que había sentido al ver a los dos boxeadores significaba algo (ahora caigo que era como la historia de María Purísima, pero en guiri y cambiando los lienzos por los mamporros).

Lógicamente abandonó la carrera monástica pues, en principio, era incompatible con esa nueva vertiente suya de excitación asociada al daño físico. Aunque bueno, el Papa de ahora, Francisco Veredicto XVI, cuando era jovencito allá en su Argentina natal trabajó de portero de discoteca y los argentinos, otra cosa no, pero se lían a las primeras de cambio. Seguro que alguna que otra hostia manual repartió el Pontífice en la puerta de la disco, antes de triunfar en la vida repartiendo las redondas.

Mi profe me contó que desde entonces había estado buscando en la vida su media naranja, alguien quién también sintiese ese tipo de excitación. Yo la verdad que no lo había probado nunca, le comenté sin ninguna intención en particular. Y de pronto me suelta a bocajarro.

—¡Váyate a mi casa y probamos si gustas! ¿te aparece?

—Me aparece, me aparece —respondí. Lo que se me estaba apareciendo era la Virgen, que en menos de cuatro días desde que la conocí veía ya como bajaba con la cohorte celestial a hacerme el paseíllo.

—Pues verga vamos, que vivo aquí ladito – me animó a salir del bar y tirar para su casa.

Vivía en una casa enorme, chulísima, pero muy descuidada, al lado del Museo Arqueológico. Como en todas las casas de Córdoba, y más en las antiguas de la judería, hacía un frío que pelaba. Imagina el frío que hacía en su casa que hasta veíamos el vaho de la respiración. Justo en la entrada nos cruzamos con otra chica rubia y guapísima igualmente, la cual me presentó. Era su compañera de piso, también profesora de inglés en nuestra academia, que en ese momento salía para dar una vuelta. Lo estaba alucinando. ¡Si esta era la plantilla docente que tenía el Reino Unido para enviar fuera del país, ¿cómo serían las que se quedaban?! A punto estuve de preguntarle si le gustaba el boxeo a la compañera de piso, para tantear no más, por si cuadraba triangular algo. Pero preferí hacer míos los aforismos: «El que mucho abarca poco moja» y «Más vale agapornis en mano que ciento volando» y me despedí de ella deseándole que disfrutase del embrujo de la noche cordobesa.

La habitación de mi profe era muy amplia, con techos altos y paredes encaladas. Hacía un frío horroroso. Mi profe conectó un radiador de resistencias, pero no servía de nada. Para que ese aparato te diera algo de calor en esa casa te lo tenías que meter en los calzoncillos (encendido, claro).

—Desnúcate —me pidió.

Le dije con ternura que no era el momento de desnucarnos, sino de desnudarnos, y le expliqué la diferencia mientras me quitaba la ropa poco a poco. Ya habría tiempo de desnucarnos si llegábamos a ese punto de intensidad. El problema fue cuando terminé quedándome en pelota picá. Con ese frío tan tremendo y la poca intensidad calorífica del radiador, el agapornis estaba agazapado en el nido. Con una sonrisa que nunca olvidaré, ella ya también como Dios la trajo al mundo, me dijo:

—No preocupes. Yo arreglo, como tú los coches.

Solo con decirme eso, el agapornis empezó a desperezarse y yo también le puse una sonrisa picarona, picarona, señalándole con la mirada el incipiente aleteo del ave.

—Empiezo yo ¿vale? —me pidió. «Empieza tú, avanza tú y termina tú si quieres, reina mora», pensé yo para mí, que aún no me creía verme en esa situación.

Me dio un beso maravilloso y cuando se retiró me pegó una guantadita suave. Me quedé un poco sorprendido, que pensaba iba a darle un poco más de prolegómeno a la cosa.

—Ahora tú, Acisclo —me pidió haciéndome gestos de que yo también le diera una guantadita. Y nada, allí que le di yo una parecida en ángulo e intensidad a la que había recibido de ella. Y en ese momento empecé a entender la excitación que le causaba este tipo de actividad a mi profe, porque noté como el agapornis estaba ya totalmente fuera del hangar, listo para echar a volar.

—¡Ahora yo! —dijo, y me soltó una torta un poquito más seria.

Repliqué de forma innata con otra guantada ya con un poco más de fuerza. Claramente esta estrategia era mucho más eficiente que el radiador a la hora de calentar al menos los mofletes, y en mi caso, la verdad que también algunas otras partes más meridionales. Ella prosiguió aumentando la intensidad de las interacciones táctilofaciales, a las cuales yo replicaba con idéntico fervor. Nos repartimos cuatro o cinco ciclos más, de creciente intensidad, cuando reparé en que ambos teníamos la respiración entrecortada (aparte de tener los mofletes como si nos los hubieran lijado). Interrumpí un segundo el partido de pingpong para hacerle notar que lo mismo podíamos dejarlo en tablas y practicar otro juego diferente, indicándole con la mirada que los motores del agapornis estaban con las revoluciones al máximo. Entornó los ojos, poniéndolos medio en blanco, y exclamó:

—¡La última Acisclo, la última! —no terminó de decírmelo cuando me soltó un hostión en plena jeta, que directamente encastró el agapornis en la pared trasera del hangar, cancelando sine die el triunfal vuelo inaugural previsto.

Yo no me lo podía creer. De la leche que me había dado me había tirado de la cama mientras ella daba saltos por el clímax que obtuvo tras cruzarme la cara. Me puse de pie tambaleándome, resistiendo el intenso mareo que sufría, cuando ella gritó:

—¡Ups! What's wrong? ¿Qué hale pasado a la pene?

¡¿Que qué le ha pasado a la pene?! ¡¿Que qué le ha pasado a la pene?! Pero criatura, ¡que me has dado una hostia que me ha desconectado el cerebro del resto del cuerpo! No podía ser que cuando los dos estábamos apuntito, me había tirado al suelo de un guantazo cósmico. Me sentí como cuando de chicos tocábamos con el dedo los cuernos de los caracoles y el animalito los metía para dentro. Pues igual, pero a hostias y a escala humana.

—¡No preocupes, yo lo arreglar! —empezó a decir bajándose de la cama y acercándose a mí—. ¡Esto yo arreglado ya antes, no preocupes!

—¿Y cómo piensas arreglar esto? —chillé, señalándole la medusa recién sacada del agua.

—¡Igual que cara, ya verás cómo funciona, tener experiencia! —respondió con esa sonrisa suya que ya me parecía macabra.

¿Me estaba diciendo ahora que se iba a liar a tortas con los restos del naufragio? Si me calzaba un papirotazo en el agapornis como el que me había dado en la cara, un viaje a Baracaldo a recoger los trocitos no me lo quitaba nadie. Se me ocurrió pedirle que, por favor, se calmase y que intentásemos empezar desde el principio de nuevo. Pero no. Estaba ya desatada, desenfrenada, ida. No había marcha atrás. Se había agachado y empezó a dar manotazos a diestro y siniestro, mientras yo reculaba como podía. Aunque la probabilidad de dar en la diana era ínfima, no me quedé para darle la oportunidad de acertar aunque fuera por error. Me tapé mis partes con una mano (sobraban cuatro dedos) mientras con la otra mano iba recogiendo mi ropa y salí pitando del dormitorio.

Justo al lado de la casa había una pequeña tasca. Entré como una exhalación diciéndole a la peña allí congregada que era el hermano mediano de Terminator, que me acababan de enviar del futuro y que tenía que vestirme en el baño para pasar desapercibido e intentar eliminar a una alienígena inglesa de violencia extrema que iba a destruir el planeta. Creo que no coló. Cuando salí del baño ya vestido, el dueño estaba hablando por teléfono con la Policía diciendo no sé qué de un exhibicionista. Yo le grité desde la puerta que le dijera a la Policía que se dejasen de exhibicionistas y que mejor buscasen alienígenas camufladas de profesoras de idiomas.

Estuve corriendo hasta llegar a casa. Nunca más volví a la academia. Nunca me estudié los temas de la oposición en inglés. No me tocó ninguno de esos temas en el examen. Aprobé las oposiciones sin problema. El problema lo tuvo el agapornis durante mucho más tiempo. No salió del nido en meses. Asustadito perdido, el pobre. CagoenlaTeología.]

# CAPÍTULO 14

## Despeñaperros pabajo: Andalucía
## Despeñaperros parriba: El resto de España

Me había quedado dormido con la cabeza apoyada en la ventanilla del coche de Blablacar. Justamente lo mismo que quise hacer el día anterior en el AVE, quedarme dormido viendo el paisaje. Pero todo se precipitó cuando se me sentó al lado María Purísima. ¿Cómo habría sido mi viaje a Madrid si María Purísima se hubiera acomodado en otro asiento, en vez de a mi lado? Nunca lo sabré, pero lo que había experimentado en solo día y medio parecía toda una vida.

Me desperté cuando el coche se detuvo. Mientras me espabilaba e iba abriendo los ojos, pensé que lo mismo habían parado a echar gasolina. Pero no, mis compañeros de viaje habían decidido hacer un alto a medio camino para estirar las piernas y tomar una tila el conductor dáctilofrenético, un redbultedalas el soldadito de plomo y un rebujito Marifé (que creía la inocente que se lo iban a servir fuera de Sevilla). El *misié* seguía con la boca abierta y sin moverse. Marifé le preguntó si quería bajarse a tomar algo, pero el gabacho se limitó a mirarla y pestañear. Supongo que se comunican por morse ocular, porque yo no le había oído una palabra todavía. Seguro que se le había dañado el cerebro en su peculiar curro en Disneyland. No quise ser descortés y decidí tomarme un cafelito con ellos, anticipando ya la cena en casa con mis seres queridos.

Al bajarnos del coche vimos que había un montón de vehículos militares en la explanada del bar de carretera donde nos habíamos parado. Nuestro microsoldadito se puso supercontento, diciendo que era una casualidad encontrarse con congéneres. Yo empecé a escamarme cuando me di cuenta de que los barriles de la entrada de la venta estaban pintados como la bandera de España y lo mismo la fachada del bar, a franjas rojas y amarillas. Entonces caí. El Generalísimo me iba a perseguir hasta la tumba. Habíamos recalado en el bar ese de Despeñaperros, famoso por ser su último reducto de culto activo en el Estado Español, ahora que en el Valle de los Caídos le habían dado puerta (como lugar de culto descartamos el bar del Chino Facha de Usera, que a ese no peregrina más que el que habla catalán en la intimidad).

Desde la explanada se escuchaba el bullicio. Si los ocupantes de todos esos vehículos militares estaban dentro del bar, tenía que haber un buen pollo dentro.

Nuestro miembro castrense del Blablacar entró como una exhalación, con el uniforme de gala, sable a un lado del cinturón y la piedra pómez al otro. Hecho un pincel, vamos.

No veas los saltos de alegría que empezó a dar cuando vio que el convoy era de los Legionarios del Tercio Duque de Calva, del Acuartelamiento de Ceuta.

[Nota informativa, deferencia del autor:

Este regimiento legionario es superfamoso en España porque todos los años, el día de Sant Jordi (patrón de los libros escritos en navarro), van desfilando desde Barcelona al Monasterio de Monserrat con los mausers haciendo malabares y cantando, a gritos, las obras completas de un antiguo político de derechas llamado José Antonio Ponteaquí Amivera. Cuando llegan al monasterio recogen a la Virgen, que la llaman la Regordeta (esta entradita en carnes la verdad sea dicha) y que es muy oscura, casi negra. Se la llevan de vuelta a Barcelona en hombros, cantando a grito pelao y con los malabares de los fusiles, igual que vinieron. Una vez en la ciudad, desfilan hasta la playa con la Virgen y le dan un fregao con agua de mar y jabón Heno de Rabia que la dejan finiquitá, más blanca que la cal de la pared, le quitan toda la costra. Luego la montan en el teleférico de Monyuis y arriba ya la recogen los monjes que la llevan de vuelta al monasterio, le ponen ropa limpia y hasta el año que viene. Por lo visto, en el pedestal que tiene *dentro del monasterio hay mucha corriente y entra el polvo de la montaña. Es por eso que se pone negra al poco tiempo, por la suciedad, y ya es tradición ancestral que sean los Legionarios del Tercio del Duque de Calva quienes le den su lustradito marino anual.]*

Pues en esto que el pequeño alférez se fue directo al coronel del regimiento, un tipo enorme, calvo y con unos brazos como jamones, que estaba acodado en la barra zampándose un bocata de melva con foie gras.

—¡Mi coronel, mi coronel! —gritaba de emoción nuestro militarcito.

¡Pero buenoooooo, mirad quién está aquí chicos! ¡Si es nuestro alférez Pradito! —exclamó el coronel dirigiéndose a su tropa–. ¿Pero qué haces aquí chaval? ¡Menuda coincidencia! —le decía mientras le daba un abrazo que casi lo hacía desaparecer entre sus músculos.

—Estoy camino de Sevilla, que mi capitán se casa en la feria —explicó nuestro soldadín sin poder respirar.

—Pues nosotros vamos a las Tablas de Dan Miel, de maniobras apícolas-submarinas. ¡Qué casualidad que nos hayamos encontrado aquí!

Mientras tanto un montón de legionarios se fueron acercando a saludar y a darle collejas al alférez Prado. Él tuvo la deferencia de presentarnos al coronel (no os lo creeréis, se llamaba Pardo) y a muchos de sus amigos legionarios. Marifé estaba en su salsa, entregando cupones de descuento para grupos a los legionarios y animándolos a ir a Disneyland con sus familias o incluso el regimiento entero, que seguro le hacían precio especial.

De pronto, escuché como un trote cochinero y vi que se nos venía encima una cabra superdesagradable, con unas greñas lanosas parduzcas que las arrastraba por el suelo y con toda la parte de la boca negra (yo creo que, como homenaje a la Regordeta, a la cabra también la lavaban solo una vez al año). El bicho se abalanzó sobre nuestro alférez al tiempo que este la abrazaba y se ponía a besuquearla. ¡Qué ASCAZO por Dios!

—¡Duquesa! ¡Mi cabrita Duquesa! —exclamaba entre beso y beso—. ¿Pero qué has estado comiendo reinona que tienes toda la boca negra?

—Le hemos puesto un plato de morcillas, para que pastase un poco —explicó el coronel Pardo—. Es la única cabra de toda Ceuta que no es herbívora. Se nos va la mitad del presupuesto en echarle de comer a la mascota del Tercio. Pero la queremos un montón. Nuestros hijos juegan mucho con ella. Cuando caga, los niños recogen las bolitas y las secan al sol y juegan con las ellas a las canicas. Aunque en cuanto se descuidan vienen las gaviotas y se las zampan. Tampoco es mucho problema, Duquesa es una fuente inagotable de canicas (esto me recordó un aforismo que mi suegra me suele recitar cuando me engoñipo con sus comidas: «Como come el mulo caga el culo»).

A mí me estaba empezando a dar arcadas entre las mierdas caprinas, los besos en plan zoofilia del chiquitín con la mascota y el aroma a morcilla mezclada con saliva humana y animal. Aún así, para no ser descortés, le pregunté al coronel Pardo y al alférez Prado de qué se conocían. Me explicaron que nuestro alférez había hecho los campamentos de verano de las milicias en su Tercio durante dos años consecutivos. Y quedaba bien patente que habían labrado una sólida amistad (lo mismo, como era chiquitito, lo adoptaron como segunda mascota).

Estaban entrando ya en la fase de ensalzamiento de la amistad, recordando anécdotas de los campamentos. De la que más se reían fue de una que hicieron los que estaban de retén en el cuartel a otros que llegaban pasados de rosca después de salir de permiso de fin de semana. Para cachondearse de ellos, viendo que volvían todo borrachos, les preguntaron que si querían echar unos porritos antes de irse a la cama. Los que venían de juerga dijeron que claro, que así dormirían aún mejor. Y ni cortos ni perezosos, los del retén les pasaron unas chinas que, explicaron, acababan de traer sus contactos de un sitio nuevo de Marruecos, donde secaban el hachís con una nueva técnica.

Lo que les pasaron fueron algunas de las canicas secas de Duquesa y les convencieron de que, para que les diera más subidón, en vez de fumarse las chinas, lo mejor era mascarlas, que se deshacían en la boca y se absorbían mejor y así, les hacía más efecto y más rápido. ¡Como vendría de mamada la tropa que se las zamparon enteritas, que solo les faltó hacer pompas como si fueran chicles! Y tan contentos se fueron a la cama a dormir la mona. No quise ni imaginarme al día siguiente cuando se despertasen y fueran a lavarse los dientes (si es que estos pavos se los lavaban). El aromita que tenía que emanar de los restos negros que tendrían entre los piños debía ser escatológico.

Ya no quise pasar más asco y me disculpé con ellos diciéndoles que quería dar una vuelta por la venta, que parecía un museo etnomonográfico. Fui a pedirme un café cuando vi a nuestro conductor con las manos metidas en una palangana con hielo y bebiéndose su tila con una pajita. Me acerqué a preguntarle.

—Pero Julio, ¿qué ha pasado, te ha dado otro brote?

—Ya ves Acisclo, nada más entrar en el bar se me han disparado de nuevo los dedos y no me ha quedado más remedio que enfriarlos. ¿Puedo pedirte un favor? ¿Serías tan amable de pedirme un bocata, que me ha entrado hambre de ver al amigo de nuestro alférez?

—Claro hombre, yo te lo pido y te lo traigo. Faltaría más. ¿De qué lo quieres? —pregunté.

—Pues no sé. Estoy entre el de callos con salmorejo o el de pavía de tocino.

—Uf, tío, a mí me parece que esos son muy rotundos, sobre todo si después quieres seguir conduciendo del tirón hasta Sevilla. Te vas a sentir muy pesado seguro. Mejor tómate uno más ligerito ¿no? —le aconsejé.

—Bueno, el de sushi con manteca colorá tampoco tiene mala pinta —replicó.

—Ese me parece más razonable —le dije—, que la comida japonesa es muy digestiva. Aunque le diré al camarero que le ponga poca manteca, no se te vaya a repetir por el camino. ¡Venga, voy a pedirlo!

Cuando se lo traje me di cuenta de que el chaval no podía comérselo porque tenía las manos metidas en los hielos. Así que me senté a su lado y se lo fui acercando para que le fuera dando bocados. Sentado al lado de Julio tenía buena panorámica del local y de toda su parafernalia. Así que nos pusimos a comentar el catálogo de productos. Tenían de todo lo de aquella época.

Había un expositor giratorio de cintas de casete con todos los discursos de Blas Jiñar, un político emblemático de centro izquierda. Otro expositor de cintas de videos ofrecía todos los NODOS desde 1940 hasta 1975.

En las estanterías había botellas de vino y de cerveza con la imagen del Generalísimo o con la bandera y su águila y otras botellas con el símbolo del yugo con el manojo de flechas. Hasta tenían un Gran Reserva con una etiqueta increíble. Era una foto de la cara de la mujer del Generalísimo con la redecilla de cuando iba a misa.

En la sección de productos textiles vendían banderas de todos los tamaños, manteles y camisetas con el himno del *Encara al Gol* o ropa interior con el rostro del ilustre prócer con la boca abierta como si estuviera dando un discurso. Aquí me pregunté por un segundo si la foto se la ponía uno para fuera o para dentro. Pero rápidamente concluí que la foto iba hacia fuera. Restregarle el tema por la cara al Generalísimo no debía ser el objetivo de esos braslis. Además, luego me di cuenta de que la boca de la foto era, de hecho, un agujero, supongo que para cuando uno necesitaba ir al baño. Así que definitivamente la foto de los gayumbos era hacia fuera. Uhm… ahora que pienso en el agujero, lo mismo hay quién usa los calzones con la imagen hacia dentro… Puf, mejor olvidadlo ¿vale? Que esto se va de madre. Eso sí, lo que más me gustó de esta parte del museo-tienda fue un traje de novia rojo y gualda que tenían expuesto en una urna. Por lo visto era para la boda de un torero con una folclórica que nunca llegó a celebrarse, culpa de un toro que se saltó un stop.

A un lado de la sección textil había un letrero de neón que anunciaba: *Merchandaising Nacional*. Aquí también tenían de todo. Llaveros, ceniceros, imanes de frigorífico o espejos retrovisores con los colores de la Bandera Preconstitucional, miniaturas del Rolls Royce con el que el Generalísimo iba de viaje o incluso una cubertería en plata de ley también roja y gualda. Me vino un ataque de nostalgia cuando vi una cajita de cartón con el frontal transparente y dentro un Madelman

Falangista. ¡Ay, Por favor!, lo que había yo querido ese Madelman para los Reyes cuando era pequeño, pero nunca me lo echaron. Solo me echaron el Madelman Esquimal, imposible ponerlo a desfilar con los esquíes. Qué recuerdos me trajo.

Como Julio ya se había comido el bocata y, además, los dedos ya se le habían calmado un poco, le dije que iba a seguir echando un vistazo a la tienda. Fui directo a por la caja de Madelmans. Se me saltaron las lágrimas. Más o menos lo mismo que le pasó a mi madre cuando unos Reyes le regalamos una Mariquita Pérez, la muñeca que siempre quiso cuando niña pero que mis abuelos nunca le pudieron comprar. Compré tres Madelmans, uno para mí y otro para cada uno de mis bombones, aún sabiendo que me los iban a tirar a la cara. Los quiero igual. A mi chiqui, a Matilda y a Anduriña les compré una Nancy de la sección femenina de la Falange Española (era una cuadrilla de funcionarias especializadas en medir los diámetros de los dedos para fabricar anillos de boda por la Iglesia, de ahí lo de Falange).

Seguí paseando por ese mausoleo de tiempos pasados gloriosos para unos y menos gloriosos para otros. Cajas de cerillas y mecheros con la bandera del águila; miniaturas de todos los pantanos que inauguró Franco; una maqueta de la estación de tren de Hendaya donde el Generalísimo quedó con un amigo alemán para hacer planes de veraneo juntas las dos familias; camisetas del Atlético Aviación, su equipo de fútbol de toda la vida. En un rincón de la exposición estaban los productos gastronómicos. Debían de ser una franquicia o un negocio familiar, porque todos los productos eran marca El Pazo de Fierabrás o el Caudillo Glotón.

De pronto viene Marifé corriendo hacía mí.

—¡Acisclo, Acisclo! ¡Mira que castañuelas tan grandes he encontrado en el tendedero entre los cuernos de las cabezas de los toros —me decía mientras yo miraba con estupefacción lo que traía en las manos—. ¿Me enseñas a ponérmelas y tocarlas, tú que eres andaluz? —como si todos los andaluces fuéramos bailaores.

Efectivamente, al fondo de una de las salas había tres cabezas enormes de toros disecadas coronando toda una pared llena de fotos del Caudillo en distintos momentos de su conmovedora vida. Y ciertamente, los cuernos de las tres cabezas estaban unidos por unas cuerdas de las que colgaban objetos que, para una profana podría asimilarse a algo parecido a unas castañuelas, pero no para una persona con un mínimo de cultura agropecuaria. No. Unas castañuelas no eran…

—¡Ay, Marifé! A ver criatura. No ves que esas «castañuelas» no te caben en la mano, hija mía —le manifesté con cariño y condescendencia—. Además, ¿tú crees que con esa textura y consistencia, eso va a emitir algún sonido cuando le des con los dedos? —le pregunté con serenidad mientras miraba lo que había cogido de las cuerdas.

—Es verdad Acisclo, esto está blanducho. Y además huele regular. Esto no es madera ¿verdad? – me preguntó ya algo escamada.

—No Marifé, anda, vuelve a colgarlas en las cuerdas esas de donde las has cogido. Eso no son castañuelas, son las criadillas de los toros —expliqué sin más dilación.

—¿Y que son las criadillas? —preguntó con total ignorancia.

No quise explicarle que lo que tenía en las manos eran los huevazos de un toro, para que no me vomitase allí mismo. Así que me limité a decirle que las criadillas son las hijillas de los torillos cuando aún no han llegado a la pubertad. Que son algo parecido a los gusanos de seda y que también forman capullos, pero negros y peludos en vez de amarillos y sedosos. Se cuelgan entre los cuernecillos de sus padrecillos para que se sequen acompañadas de su familia mientras hacen la transición, y una vez secas al cabo de unos días, ya salen las hijillas adultillas del todo y, hala, a pastar por el campo.

Por la cara que puso, me dio la impresión de que no le había convencido mucho mi explicación biológica. Igualmente se imaginó que había algo oscuro alrededor de lo que tenía entre manos y no quiso indagar más. Se volvió a poner las criadillas junto a sus hermanillas colgadillas del tendedero.

En esto llegó Julio, ya con los dedos apenas moviéndose, conminándonos a volver al coche para continuar el viaje. Marifé, Julio y yo estábamos listos, pero no encontrábamos por ningún lado al alférez Tachenko. Preguntamos al camarero detrás de la barra y nos dijo que unos cuantos legionarios se habían ido a los columpios con la cabra, que lo mismo estaba con ese grupo.

Salimos a la explanada, donde había un castillo hinchable rodeado de columpios y toboganes para solaz de los niños, mientras sus padres disfrutaban del viaje en el tiempo en la venta. Dentro del castillo había un montón de legionarios dando botes como descosidos y pasándose una botella de Ponche Caballero, pero nuestro alférez no estaba con ellos. Nos fuimos a los columpios y descubrimos que estaba tirándose del tobogán con la cabra Duquesa en brazos. Estaba claro que a la mascota le gustaba el riesgo extremo porque berreaba como una loca cada vez que se tiraba desde lo alto del tobogán. Y cuando llegaba abajo se le escapaban varias canicas de la emoción del vértigo, que el tobogán tenía su altura.

Disimuladamente, empujé con el pie las caquitas de la cabra debajo del tobogán, que aquí en Despeñaperros no hay gaviotas como en Ceuta, pero hay Buitres Leonardos que en cuanto ven una caca se lanzan en picado como halcón peregrino. Y verte un bichaco de estos aterrizar a tu lado con las alas desplegadas da un miedo que te cagas. Y si te cagas es peor, porque vienen más buitres al calor de las cacas recién puestas y es como una pesadilla que se muerde la cola: más te cagas de miedo, más buitres te vienen. Así que en Despeñaperros mejor esconder todo lo que salga del bujis de atrás. Es como cuando defecas en el Parque Nacional de Yellowstone, USA (el del Oso Yogui y Bubú). Si no cagas en un táper y lo cierras bien (y lo etiquetas clarito, no te vayas a confundir luego), lo huelen los osos grislis, se van pa ti y no quieras ni pensarlo. Pues algo parecido con los buitres de Despeñaperros, Spain.

[*Moraleja:*

*Mejor caga en un tarro, así no eres un guarro y no te asusta el Buitre Leonardo.*]

Le dijimos al alférez Prado que fuera despidiéndose de sus amigos y de la mascota, que teníamos que continuar el viaje. Cómo se le entristeció la cara al pobre. Volvió a comerse a besos a la cabra (si no pillaba el Ébola iba a ser puro milagro) y entró a la venta a despedirse de su coronel y de los legionarios que aún estaban en el bar. Al salir, se dirigió al castillo hinchable para despedirse del resto de la tropa y se metió a dar saltos intentando abrazarse a unos a y a otros para decirles adiós a todos. Estaban allí dando saltos y bebiendo a gañote de la botella de Ponche Caballero cuando, de sopetón, sonó como un estallido enorme, algo parecido a una bomba. Y el castillo explotó en mil pedazos.

Después de la sorpresa inicial y de recuperarnos del estallido de los tímpanos, vimos que había muchos legionarios esparcidos alrededor de los restos de plástico del castillo hinchable. El alférez Prado había aterrizado justo delante de nosotros, con el traje de gala hecho jirones. Lo levantamos del suelo y le empezamos a preguntar que qué había pasado, mientras le dábamos agua para que se repusiera del susto. Conforme se recuperaba empezó a gimotear primero y luego directamente a llorar a moco tendido.

—¡Ha sido culpa mía, ha sido culpa mía! —no dejaba de repetir desconsolado—. ¡Sin querer he pinchado el castillo hinchable con el sable! ¡Ha sido sin querer! ¡Ha sido sin querer!

Intentamos tranquilizarlo diciéndole que no era culpa suya, que había sido un accidente. De pronto salió corriendo hacia sus compañeros que estaban también incorporándose, igual de sorprendidos por el estallido del castillo hinchable. Los fue abrazando uno a uno, pidiéndoles perdón, pero todos le decían lo mismo, que había sido superdivertido y que no se preocupase, que les había encantado la experiencia. Al final terminó tranquilizándose, pero seguía muy triste por cómo había terminado el encuentro con sus compañeros y porque, además, el sable se le había roto en varios trozos por la explosión.

Nos despedimos de los legionarios, deseándoles unas buenas maniobras apicolo-submarinas en las Tablas de Dan Miel y nos fuimos para el coche. El alférez estaba devastado. Lo pusimos en el asiento de atrás para que estuviera más cómodo. Lo recostamos contra una ventanilla. Al ser tan chiquito, cabía tumbado en dos asientos traseros. En el tercero, Marifé se sentó encima de su novio (que seguía en plan bocabesugo), mientras yo me sentaba en el asiento delantero donde antes estaba el alférez. Le dimos al alférez un par de pastillas de Optalidón con un buche de Ponche Caballero, que fue mano de santo. En cuanto se lo tomó se quedó dormido, allí recostadito. Que disgusto se había llevado el pobre, no se merecía que todo hubiera acabado de esa forma, con lo contento que estaba de volver a ver a sus amigos. Y encima sin sable. Menuda faena para la boda de su capitán. Y para el jamón de los invitados. Tendría que comprarse uno nuevo en cuanto llegase a Sevilla. Lo bueno es que llevaba la piedra pómez aún en la funda del cinturón. Seguro que podría hacer el pasillo y el corte de jamones con el nuevo sable sevillano recién afilado con su piedra pómez.

Del disgusto por un lado, y por otro lado para no despertar al pequeño militar, que ahora más que nunca parecía totalmente indefenso, decidimos no hablar más durante el viaje y que descansase. Y justo en ese momento el franchute empezó a parlotear, imagino que en francés. Me volví desde el asiento delantero con intención de darle un mamporro y que se callase, no fuera a despertarnos al alférez, pero Marifé estuvo más rápida. Le encajó en el boquijo un par de criadillas que había comprado en el bar como recuerdo y de vuelta al limbo el francesito, pasando de forma instantánea de ser bocabesugo a ser bocahuevo.

Llegamos a Córdoba una hora y media más tarde. Me bajé del coche y me despedí de todos con un abrazo, especialmente de mi alférez Prado, a quién al final le había tomado cariño y me daba mucha pena el mal rato que llevaba el chaval. Le animé y le dije que encontraría un sable nuevo y que se lo pasaría bomba en la feria. A Julio le recomendé que fuese a un médico a ver si le encontraba una forma de relajar esos dedos. A Marifé le deseé que encontrase un trabajo más a tono con el espíritu original (supuestamente) de Disneyland y lo mismo se animase a buscar un novio algo más normalito. Ella me respondió que se lo pensaría, pero que yo también me pensase en hacerle una visita en París. Le comenté que lo mismo lo intentábamos primero con el producto autóctono. Un parque Warner o un Marina D´or Ciudad de Vacaciones me tentaba más a priori.

Y cuando ellos continuaron su camino a Sevilla yo me pillé un taxi y aparecí en quince minutos en mi chalet con placita de toros y jardín. Aproveché para llamar a Carlos Cansina y decirle que ya estaba en casa. Quedamos en hablarnos al cabo de unos días.

Fue meter las llaves en la puerta del chalet, que mi chiqui apareció corriendo a abrazarme y llenarme de besos diciéndome que había estado muy muy asustada. Detrás de ella, Matilda y Anduriña también se acercaron y nos abrazamos ya con la tranquilidad de estar sano y salvo en casa. Mis niños ni aparecieron, estaban con la Play en su dormitorio. Pero mi Igelkott sí que vino a mi encuentro, con ese contoneo que me derrite. Me agaché a cogerlo y le di unos besitos en el hociquito. Es el único bicho que no me da asco besarlo.

Me pasé a darles un beso también a mis dos bombones, abstraídos en sus dormitorios con el Fornait. Ni se coscaron, de concentrados que estaban matando congéneres online, pero igualmente me dio mucha alegría volver a verlos. Solo habíamos pasado dos días separados pero parecían dos años, de todo lo que me había ocurrido. Me senté en la mesa del salón con un botellín fresquito y unas aceitunas a contarles a mi chiqui, a Matilda, a Anduriña y a Igelkott lo acontecido en las últimas cuarenta y ocho horas, pero no me dio tiempo a empezar. Matilda se me adelantó.

—Querido amigo, no sé qué ha pasado en Madrid, pero que sepas que la mariposa ha provocado un huracán —dijo Matilda—. O si lo prefieres, el erizo ha provocado un huracán.

# CAPÍTULO 15
## Efecto Mariposa: El batir de las alas de una mariposa puede provocar un huracán en la otra punta del mundo.

—¿Qué la mariposa ha provocado un huracán? —pregunté intrigado a Matilda—. No sé qué me quieres decir, no entiendo.

—¿No has escuchado las noticias, verdad cariño? —me preguntó mi chiqui. Pero viendo la cara que ponía, ella misma se respondió—. Veo que no, Garbi, veo que no.

*[Nota informativa, deferencia del autor:*

*En casa ahora todos me llaman Garbi y no por mi verdadero nombre. Al principio pensé que era muy arriesgado porque se les podía escapar en presencia de otras personas y descubrir nuestro secreto. Pero ya no tenemos ese temor. Hoy en día escuchas Garbi por todos lados; la gente llama Garbi a sus mascotas, a sus hijos, a sus amigos. Ahora oír Garbi por la calle es lo más normal del mundo. Así que, por ahí no hay peligro de perder el anonimato.]*

—¿Pero qué ha pasado, que me estáis asustando?

—Llevas en las noticias todo el día —sentenció Anduriña, con su aplomo natural—. Madrid está en alerta. Todo es muy confuso aún. Según parece todo se inició cuando la turba que intentó asaltar Onda Cero fue rechazada, no se sabe bien como…

—Yo si lo sé. La rechazamos cantando tangos —aclaré.

—Déjate de tonterías hombre, que estoy hablando en serio —replicó Anduriña.

—Y yo, Anduriña, y yo, pero luego os lo explico ¿vale? —dije zanjando el tema ahí.

—La cosa es que, por lo visto, toda esa gente, muchos niños entre ellos —continuó la novia de mi editora—, se fueron totalmente exaltados a invadir librerías y centros comerciales de Madrid al grito de «¡Quemad al erizo!» y «¡Muerte a Igelkott!». Esa turba se encontró con aquellos que hacían cola para comprar tu libro, por supuesto partidarios tuyos, y terminaron enfrentándose, liándose a librazo limpio entre unos y otros. El enfrentamiento ha corrido como la pólvora entre partidarios y detractores de tu obra hasta que todo se ha desmadrado.

—Anduriña, ¿Estás insinuando que hay detractores de mi libro? ¿En serio que hay gente que no le gusta mi libro? —interrumpí con genuina curiosidad, sin poder creérmelo.

—No exactamente detractores —intervino Matilda—. Son grupos antisistema. Siempre están buscando jarana y allí donde hay tortas, allí que van los cabezabuques. Hemos hecho un estudio de mercado sobre tu libro y a más del 95% por ciento de los lectores le ha encantado. Garbi, tienes más votos que el democrático presidente de Rusia. No tienes apenas detractores, por ahí no te preocupes.

—Bueno, el caso es que los tumultos se fueron desmadrando hasta el punto que tuvieron que movilizar a todas las fuerzas vivas: Policía, Guardia Civil, Protección Civil, Bomberos, Unidad Militar de Emergencias, Policía Montada de Parla —prosiguió Anduriña—. Incluso parece que los cuerpos de seguridad autonómicos; Los Mozos de Cuadra Catalanes, La Kardachian Vasca y La Tanxugeira Gallega están en alerta por si tuvieran que dar apoyo en cualquier momento, allí donde se necesiten.

—Pero eso no es todo —intervino mi chiqui—. La Unidad Canina Subacuática Aerotransportada de los GEO, apoyada por la IV Flota Naval del estanque del Retiro están drenando todo el estanque buscándote. Corre el rumor de que te caíste del helicóptero y tu cuerpo está en el fondo del lago. Y además, la Policía tiene toda una escuadra de drones peinando la zona desde el estanque del Retiro hasta el Pardo, donde se estrelló el helicóptero en el que iba Carlos, porque también corre el rumor de que te caíste en ese trayecto.

—¡¿Y cómo Carlos Cansina no ha dicho a la Policía que estoy bien, sano y calvo?! —exclamé totalmente intrigado, que no me cuadraba que Carlos hiciera eso—. ¿Cómo es posible que Carlos no haya avisado a la Policía para que no me buscasen, si yo ya había hablado con él?

—Imagino que justamente quería saberte a salvo antes de avisarles —sugirió Matilda—. ¿Tú le has dicho que ya estás en casa? —preguntó.

—Sí, le llamé desde el taxi que me trajo hace unos minutos —repliqué.

—Pues entonces seguro que ya les habrá avisado y en breve cancelarán la búsqueda —dijo mi chiqui.

—No me cuadra. Voy a llamarlo ahora mismo.

Volví a llamar a Carlos que me respondió al instante. Le comenté lo que me habían dicho mi chiqui, Matilda y Anduriña y él me explicó todo. Cuando salió ileso del helicóptero, la Policía lo trasladó a comisaría a declarar sobre lo que había pasado. Él les hizo saber que me habían dejado en el parque del Retiro y que a esas horas iría ya de camino a Córdoba. De acuerdo con la Policía, decidieron simular que buscaban mi cuerpo en el estanque y por la zona centro-norte de Madrid para darme tiempo a ponerme a salvo en casa. Me manifestó que la Policía ya estaba al tanto de que había llegado a casa y que en breve haría un comunicado oficial diciendo que el famoso escritor Garbi Zuzunaga estaba en un lugar seguro y protegido para preservar su integridad e identidad. Había sido toda una operación de despiste, por un lado para protegerme (grande Carlos y grande la Poli) y por otro lado para calmar los tumultos que se estaban extendiendo por toda la ciudad condal.

Les transmití a mi chiqui y a mis amigas lo que me acababa de decir Carlos y se quedaron más tranquilas. Pusimos la tele a ver si decían alguna cosa y efectivamente, justo en ese instante, salía en la pantalla el portavoz de la Policía (con una imagen de Igelkott de fondo) comunicando que cancelaban el dispositivo de búsqueda porque ya se había confirmado que el escritor Garbi Zuzunaga estaba a salvo en un sitio secreto.

Por cierto, que mis tres chicas estaban alucinadas con el pibón del portavoz de la Poli. Un tiarrón moreno, clavaito al cantante ese puertorriqueño, Gañán creo recordar que se llamaba. Sí, ese que cantaba aquella canción tan pegadiza, *FLORERO*, que bailaba el tío que no veas. Yo también bailé esa copla en mi boda, pero mi recién esposa me dijo que mejor lo dejase y me dedicase a los pasodobles que pondría luego el diyei. Pues nada, embobaditas tenía a las tres delante de la tele, como si las hubiera poseído un telepredicador. Volvieron a la realidad cuando dieron paso a la siguiente noticia. Un pescador de las Hurdes había perdido un brazo forcejeando con un tiburón por un atún de rio que ambos mantenían habían visto primero.

Matilda retomó la conversación.

—Y lo que te decía del efecto mariposa o efecto Igelkott. No te puedes imaginar cómo se ha desbordado todo desde que saliste en antena. La centralita de la editorial echaba humo. La teníamos derivada al móvil de Anduriña y no ha parado de sonar. Hemos recibido llamadas de todas las partes del globo. Todo el mundo quiere algo de ti Garbi, esto es increíble, increíble de verdad. Anduriña tiene todas las llamadas anotadas, vas a alucinar. Anda, Anduriña, hazle un resumen —le pidió a su chica.

—Pues no se ni por dónde empezar. A ver… —dijo Anduriña mirando su iPad—. Si empezamos por lo autóctono… Nos han contactado todos y cada uno de los grandes periódicos ofreciéndote lo más grande. Un número monográfico completo en la edición en color del domingo, primeras portadas, te ofrecen que colabores con columnas semanales. Todos. El País, El Mundo, ABC, Diario Córdoba…

Aquí interrumpí directamente a Anduriña.

—La primera para el Diario Córdoba, eso lo tengo clarísimo. El periódico de mi ciudad será al que conceda la primera entrevista —sentencié.

—Sigo —continuó nuestra telefonista oficial—. Igualmente todas las radios quieren ofrecerte programas exclusivos para ti. Julia Mortero, de Onda Cero (rima), te ofrece una tarde a la semana para ti solito durante medio año; Carlos Dentera, de la COPE, te ofrece ser tertuliano vitalicio; Federico Jiménez Quebrantos de esRadio quiere que le hagas los guiones de su programa, incluso dice que está dispuesto a dejar de insultar a diestro y siniestro y a reformarse y cuidar su lenguaje si aceptas. Y Luis del Colmo, que llevaba años ya jubilado de la radio, ha decidido volver y proponerte una serie de entrevistas también.

Abrumado me estaba quedando. Y me estaba agobiando de pensar que esto se había ido de las manos y que no daría abasto. Anduriña seguía.

—La editorial Planeta te ofrece varios Premios Planeta consecutivos en los próximos años —continuó—, si quieres puedes incluso publicarlos con distintos pseudónimos para que no salte la liebre. Y ya la tele ni te digo. Todas las cadenas quieren entrevistarte en directo, por supuesto aceptan que vayas disfrazado de Igelkott o de lo que quieras. *El Interludio* del Gran Wisconsin; *El Avispero* de Pablo Chotos; *Al Rojo Escribo* de Antonio García Perreras. Incluso Jordi Tréboles quiere hacer dos o tres programas contigo en *Lo de Tréboles*. Piques Jiménez te ofrece sesiones de espiritismo con Cervantes, Shakespeare, Dickens y Dostoyevski en su programa *Cuarto Sexenio*. RTVE te ofrece una telenovela con al menos 1000 capítulos para La 1 y, para la sobremesa de La 2 te ofrece sustituir al presentador más longevo de la televisión, Jordi Hartado, que lleva 69 años presentando el programa de preguntas y respuestas *Pacer y Pastar*.

—¡Osú, osú, osú! Pues yo creo que de ir a la tele combinamos varios de estos programas del tirón y matamos dos pájaros de un tiro —concluí, pensando que era la única forma de satisfacer la necesaria parte publicitaria de mi contrato editorial sin dejarme la vida en ello.

Como siempre, mi chiqui sentó cátedra.

—Garbi, no vas a poder con todo, al menos por un tiempo tendrás que seleccionar y priorizar, sino la familia lo va a sufrir y eso es lo último que queremos ¿verdad?

—Descuida cariño, cuando os cuente todo lo que he pasado estos dos días te darás cuenta que eso no va a ocurrir.

—Espera, espera, que ahora viene lo bueno chaval —Matilde le cogió el iPad a Anduriña y siguió ella leyendo—. Nos ha contactado también la Moncloa, con un mensaje del presidente del Gobierno, para evaluar la concesión del Premio Cervantes y el portavoz de la Casa Real nos ha dicho que el mismísimo rey va a proponerte para el próximo Premio Princesa de Ampurias de Las Letras y Los Números.

Directamente me zampé el botellín y me fui al frigo a por una litrona, que esto no se podía pasar con un botellín na más. Me traje cinco litronas por si acaso. Y ciertamente me iban a hacer falta en vista a lo que seguía contando Matilda.

—Esto es solo el efecto mariposa a nivel nacional, pero es que queda lo que nos han hecho llegar desde todos los rincones del mundo (y eso que la Tierra es redonda, que no tiene esquinas). La mariposa la ha liado parda, Garbi. De entrada, alucina, ha llamado el presidente de la Fundación de los Premios Nobel en Estocolmo. Dicen que, si quisieras, estarían dispuestos por primera vez a dar más de un Premio Nobel a la misma persona el mismo año. Nos ofrecen concederte el de Literatura, obviamente, pero también el de Economía porque has reflotado la industria editorial a nivel mundial. Comentan que incluso se pensarían darte un tercero, el de Química, que dicen que la química que has conseguido con tu libro no la consiguió ni Gorbachov con su Tabla Periódica.

—¡Hostia! —se me escapó sin querer, que a mi chiqui no le gusta que diga palabrotas—. Pero eso no puede ser, por favor, que eso es una barbaridad —dije bebiéndome media litrona del tirón. Me comí unas cuantas aceitunas también, no me fuera a dar flato.

—Y esto es solo el primer aleteo de la mariposa. Anda, sigue tú, que te hará ilusión —le dijo Matilda a mi chiqui, cediéndole el iPad.

—¡Ay Garbi! ¡Qué orgullosa estoy! No me lo puedo creer. Escucha —hizo una pausa aquí mi chiqui para mirarme con una cara de ilusión que no veas…—. Nos ha llamado el portavoz de la Casablanca. Quieren que vayas a Cabo Cañaveral a bautizar el próximo transbordador espacial. Lo iban a llamar Challenger 2 pero han decidido renombrarlo a Zuzunager 1. El vuelo inaugural del Zuzunager 1 será el próximo vuelo a la Luna, después de más de 50 años sin que el hombre la haya vuelto a pisar. Y nos ofrecen que en la superficie lunar, junto a la bandera americana se ponga la bandera española. Y eso no es todo. El centenario presidente de los USA nos invita personalmente a la Casablanca en Navidad. Quieren que les ayudemos a poner los doscientos treinta árboles de Navidad con que la decoran todos los años. Incluso han hablado con María Caray para que cantéis a capela su famosísima canción navideña *All I want for Christmas is Champú*.

—Pues por mi encantado. Nos vamos los cinco y Matilda y Anduriña, ¿que os parece? —les pregunté. A lo que las tres dijeron que por supuesto, que no me iban a dejar ir solo—. Eso sí, aparte de la bandera española en la Luna, hay que negociar poner otra con la bandera de Córdoba. O mejor, una bandera con la foto de la Mezquita. Y ya puestos, en vez de un palito de plástico, el palito de la bandera podría ser un flamenquín. Por Córdoba y su proyección universal ¡M A T O!, que eso lo va a ver todo el mundo. Ahora, lo de cantar con María

Caray, con lo mal que yo entono, no sé si se va a arrepentir. Lo mismo mejor le hago los coros o le toco las palmas ¿no? Bueno, ensayamos con ella y vemos. Pero sí, venga, lo de la Casablanca mola, puede estar bien. Mi chiqui continuó:

—Hay mucho más. La casa real inglesa está dispuesta a exhumar a la Reina Isabel, cuyo cuerpo aseguran estará incólume e incorrupto visto lo que aguantó en vida, para que te otorgue en la Abadía de Wetmistress los títulos de Sir del Reino Unido y Lord del Separado. El presidente trans de la República Francesa, Emmanuel Maricrón, te ha concedido el primer permiso de la historia de este país para hacer puénting desde lo alto de la Torre Eiffel y así, promocionar tu libro en Francia.

Aquí salté como una haba tostá.

—¡Ni de broma! Mejor que pruebe primero su mujer, que tiene ya cerca de noventa años, y que calculen bien la distancia con ella. Si hay algún problema ella ya ha vivido mucho. Yo no me voy a arriesgar a matarme para promocionar el libro.

—Bueno, siempre podemos pedirle que mejor hagan otro tipo de homenaje —propuso Anduriña—. Se me ocurre por ejemplo que dejen de vender baguetes y que empiecen a vender teleras. O que cuando terminen la reconstrucción de Notre Dame, en vez de coronarla con la misma torre que tenía antes, pues que pongan una réplica de Igelkott.

—Eso me parece bastante más razonable. Habrá que preguntarles a ver si les parece bien, que los franceses son muy suyos —dije recordando el *misié* de Blablacar.

—Seguimos, que aquí no queda la cosa —continuó mi señora (esto de señora se lo digo a mi chiqui cuando estoy de cachondeo… lo mismo que cuando llamo de usted a mi suegra)—. O mejor te resumo —dijo—, que llevas ya dos litronas y no quiero que bebas más, anda. Bueno, el Papa te invita al Vaticano a que des con él la bendición Curvi et Gordi y luego te lleva de paseo por Roma en el Papamóvil, sin pisarle, como el tráiler. El presidente de Rusia, el que tiene nombre de hombre pequeño que comercia con su cuerpo, dice que está dispuesto a parar la guerra en Ucrania si vas al Kremlin a echar unas partidillas de ajedrez con él. Y propone que también le acompañes a Siberia donde tiene un negocio de comidas regentado por unos cocineros destinados allí de por vida. Por lo visto preparan un gulag (guiso de carne humana en salsa de mandril ruso) buenísimo.

—Pues eso sí que lo podemos explotar chicas —dije sobre la marcha con una idea que se me vino de golpe a la cabeza—. Podemos proponer una cumbre en la cumbre al presidente ruso, al israelí, al ucranio y al de palestina y mediar un tratado de paz. ¿Cómo lo veis? Lo podríamos llamar Primer Tratado de Paz Igelkott. Si lo hacemos bien podemos incluso proponerles que el Muro de las Lamentaciones se transforme en el Muro de las Celebraciones y que quede como icono de la Paz Mundial.

—Ojalá pudiera hacerse realidad, Garbi —dijo Matilda, a lo que Anduriña y mi chiqui asintieron—. Eso sí que sería un logro de verdad, el más importante de todos los que nos pueda brindar tu libro.

—Pues habrá que lucharlo ¿no? —concluí, mientras mi chiqui continuaba.

—También, el presidente de Argentina quiere poner tu nombre a un nuevo tipo de motosierra que acaba de inventar para cortar en trocitos el glaciar Perrito Moderno, el más famoso de la Catatonia argentina, y enviarnos esos cubitos de hielo a Andalucía como regalo para paliar la sequía que sufrimos. El emperador de Japón quiere que visites su país para proponerte hacer un Manga donde Igelkott sea el protagonista. Y también nos ha comentado que a partir de ahora en vez de usar salsa de soja para mojar el sushi van a servir salmorejo. Incluso va a imponer que las geishas ya no se pongan más kimonos, que a partir de ahora lleven trajes de gitana y que en vez de reverencias los japos se saluden bailando sevillanas.

—No voy a poder hacer todo eso chiqui —me lamenté—. Yo no quiero estar tanto tiempo separado de vosotros. Y tampoco vais a venir la familia conmigo todo el tiempo, que los niños tienen que seguir estudiando. Habrá que seleccionar dónde y cuándo ir.

No nos habíamos dado cuenta de que mi hijo pequeño llevaba un rato asomado a la puerta del salón donde estábamos. Había dejado la Play y nos estaba escuchando. La verdad que es sagaz el chaval. Lo mismo que fue él quién dio con la solución de ir con máscara de Igelkott a la entrevista de Onda Cero con Carlos Cansina, ahora volvió a encontrar una solución a tanta invitación.

—Papá. Si sigues sin querer darte a conocer, podemos contratar a varias personas para que vayan a todos esos países con la máscara de Igelkott y así no tienes que viajar tanto.

—¡Tremenda idea hijo! —exclamé.

—Nos acababa de dar una solución para no rechazar ninguna invitación. Algo así como los negros —dicho sea con todos los respetos a mis lectores de color—, que escriben libros a escritores consagrados —presidentes o no— que luego los publican como si fueran suyos. Honestidad ante todo.

—En ese caso —intervino la madre de la criatura— también podríamos entonces acudir a las invitaciones de Australia, que va a abrir el primer Parque Nacional de Erizos del mundo. El rey de Arabia también quiere hacerte un homenaje. Si le visitas dice que te construye una ciudad a tu nombre en el desierto. Podríamos llamarla Igelkottlandia o Zuzunagópolis y, ya de paso, convencer a la familia real saudí para iniciar la reconversión a la energía solar, que sol les sobra a espuertas. Así abandonan de una vez por todas los combustibles y regímenes fósiles. Además, la ciudad la podría inaugurar nuestro rey hermético que anda por ahí estos días de safari.

—Pero la que más me ha gustado —concluyó mi chiqui— es la propuesta del presidente de China. Nos ha dicho que está dispuesto a modificar su milenario calendario para incorporar un animal más: el erizo. El pueblo chino lleva miles de años con sus doce animales y ahora quieren reformar su calendario para dar cabida a nuestro erizo. ¡No me puedo creer todo lo que tu libro ha conseguido en tan poquísimo tiempo! Fue salir en el programa de Carlos Cansina y en solo unas horas la llama de Igelkott y tu libro ha prendido la mecha de un incendio mundial.

—Estoy abrumado familia. No sé, esto va demasiado deprisa. Lo mismo hubiera preferido que la mariposa no tuviera alas. Que se hubiera quedao en oruga pa siempre. Mejor me voy a la cama, que han sido dos días de lo más loco. Mañana os cuento con tranquilidad...

—¿Dos días de lo más loco? Lo que pasa es que te has zumbado las cinco litronas tú solo, so ganso —me recriminó, no sin cierta razón, mi chiqui—. Anda, ve a ponerte el pijama (es de ericitos) y ya mañana empezamos a planificar, porque algo tendremos que hacer, que esto ya no lo para nadie.

Me fui para el cuarto de baño a cepillarme los dientes y a ver si desaguaba algún que otro litro, que la vejiga la tenía como un pez globo conectado a un extintor abierto.

—Ondeestariayoahoradenohaberleidolanoticiadequeel Presidentehabíapublicadosu Manualde Referenciayseestabaganandounosdinerosconlosderechosdeautorcagoento —iba yo diciendo por lo bajini mientras me acostaba en mi cama. No tardé ni un minuto en quedarme dormido.

# CAPÍTULO 16

## *¡Be water, my friend!* (¡Sé agua, amigo mío!)

*[Nota informativa, deferencia del autor:*
*Famoso aforismo de Bruce Lee, creador de una conocida marca de pantalones vaqueros]*

—Buenos días a todas —saludé a mi chiqui, Matilda y Anduriña, que estaban en el salón con unos vermuts y unos tomates con melva y ajitos.

—Buenas tardes mejor, que son las dos ¡campeón! —dijo Anduriña mientras mi chiqui y Matilda se reían de mi pinta.

—Anda, ve a echarte un agüita en la cara que tienes la almohada señalada en los mofletes, quítate las legañas y cámbiate de ropa, que tienes una pinta con el pijama de erizos… —me aleccionó mi señora—. ¿No te da vergüenza salir así, hombre? ¡Que tenemos invitadas!

—Anduriña y Matilda son como de la familia chiqui, tienen todo el derecho a conocerme tal y como soy —repliqué con rotundidad—. ¿Y los niños? —pregunté.

—Están en la piscina. Hoy hacía calor así que les he dejado echar un chapuzón antes de comer —dijo mi chiqui—. Ve a verlos anda, que han preguntado por ti.

No iba a perder la oportunidad de hablar con mis hijos para una vez que preguntaban por mí por iniciativa propia. Me fui para la piscina y allí estaban los dos, nadando con una máscara de Igelkott mientras el auténtico estaba en su hamaquita tomando el sol, vigilándoles, que aún son pequeños para dejarlos solos.

—¡Chicos! ¡Haced el favor de quitaros las máscaras ahora mismo! —les espeté— ¿No os dais cuenta de que es peligroso estar en el agua con una máscara en la cabeza? Y tú, Igelkott, ¿cómo es que les has dejado? ¿No ves que se pueden ahogar, hombre? —le reñí de forma afectuosa al erizo.

Igelkott me miró de forma condescendiente, como diciendo que los niños ya son mayorcitos y saben cuidarse solos. Siguió ojeando el Córdoba sin echarme más cuenta. En fin... decidí tomármelo con tranquilidad, que era lo que de verdad necesitaba después de los dos días que había pasado en el otro mundo paralelo que existe más allá de Córdoba. Eso sí, fui inflexible con la máscara. Les obligué a quitársela a mis dos bombones.

—¿Papá, no nos has traído nada de regalo? —preguntó mi pequeño. Se le iba a olvidar al máquina— ¿Me has traído estampas de fútbol?

—Mucho mejor que eso. ¡Os he traído un Madelman Falangista!

Los dos se quedaron mirándome con cara de asombro.

—¿Y eso qué es papá? —preguntó el mayor sin mucho interés aparente.

—Es un muñeco que siempre quise para Reyes, pero nunca me lo trajeron. Y lo he visto en un bar de época y me he dicho ¡seguro que a mis hijos le encanta como a mí! —dije con ironía a sabiendas que lo mismo les picaba la curiosidad de entrada, pero que cuando vieran lo que es me los comía con papas.

—¿Un muñeco? —preguntaron a dúo—. ¿Y para qué queremos un muñeco? —volvieron a preguntar a dúo.

—A ver nenacos. Hace un par de años queríais para Reyes los Funkos cabezones esos para tenerlos de decoración. Así que no me salgáis ahora con lo de que para qué queréis un muñeco. ¡Pues para jugar, para desarrollar la imaginación! No os hacéis ni una idea de la cantidad de cosas que se pueden hacer con un Madelman Falangista. Podéis jugar a inaugurar pantanos; podéis usarlos como pelotón de fusilamiento con los airgamboys puestos contra un paredón que hagáis con el Exin Castillos; podéis ponerlos a desfilar delante de un huevo; será por cosas hijos…

Me miraban como si fuera oriundo de Alfa Centauro. Que daño que ha hecho la Play (mecagoenSony), la

Xbox (mecagoenMicrosoft), Google (mecagoenInternet) y los teléfonos móviles (mecagoenTesla).

—Os los he dejado en la habitación, encima de vuestras camas.

—Vale, luego vamos —respondieron a la par con un interés que me conmovió. Tenía que haberles traído unas criadillas, capaz que les hubiera hecho más ilusión. Pues nada. Yo los sigo queriendo con tó el alma a mis ratones.

—No vayáis a salir tan rápidos del agua a ver los regalos, se os vaya a cortar la digestión —les dije con un suave toque de ironía, que creo solo el mayor captó (y a medias como mucho). El otro ya estaba buceando.

Me volví a mi cuarto, me di una ducha y me puse cómodo con un chándal de la bandera de Córdoba. Como Nicolás Garrulo, el presidente de ese país caribeño, Jovenzuela, pero en versión sultana. De vuelta en el salón vi que la botella de vermut estaba por menos de la mitad y que los mofletes de mi chiqui y mis amigas estaban bien coloraditos. No pude evitar entrar al trapo un pelín.

—Cerveza no se puede beber ¿verdad?, pero de vermut nos ponemos de grana y oro ¿eh? Y no me salgáis con eso de que ayer cayeron cinco litronas y que ahora vosotras solo lleváis media botella. Bien sabéis que lo importante no es el volumen sino la graduación alcohólica. Que media botella de vermut tiene más alcohol que una docena de litronas.

—Déjate de tonterías, anda —dijo con suavidad mi chiqui, mirándome de esa forma que solo ella sabe. Que me derrite la truhana, cómo sabe dónde darme pa dejarme to blandito— que tenemos noticias. La cosa no para, Garbi.

—¿Todavía siguen llegando llamadas? ¿Cómo es posible que esto se haya desmadrado tanto?

—Ya lo creo que siguen llamando —dijo Anduriña cogiendo de nuevo su iPad—. Pero que te lo cuente tu señora (cachonda la Anduriña) que le hace mucha ilusión.

—Ay Garbi, de verdad, es que es alucinante —dijo mi chiqui entre risas, el vermut estaba haciendo efecto, aparte de que estaba cogiendo un color pa comérsela—. Esta mañana temprano ha llamado la revista TIME. No sé si lo sabes, pero es la revista más famosa del mundo. Dicen que te van a declarar Persona del Año y que quieren que salgas en la portada. Nos pidieron que te convenciéramos para que salieses con tu rostro original, pero que estaban incluso dispuestos a ceder y dejarte salir con la máscara de Igelkott. Romperían así con su regla más antigua, la de no mostrar nunca animales en sus portadas.

—Pues a esos de la revista TIME les decís que no, que rechazo la oferta por mentirosos —repliqué bastante indignado.

—¿Mentirosos? —preguntaron las tres a la vez con cara de asombro.

—Sí, efectivamente, por mentirosos —zanjé—. Porque SÍ que han tenido como portada de persona del año a animales con anterioridad. ¿O no os acordáis cuando sacaron al presidente de su país, ese que era de color naranja? Ese tío era más animal que Bugs Bunny, que se comía diez zanahorias por episodio y siempre mantuvo ese color azul grisecito. Para pillar ese color naranja tienes que ser un bestia comiendo zanahorias. Y no solo ese, también salieron en la portada el presidentito Ruso que comercia con su cuerpo, o el alemán aquel del bigotito ridículo que la lio parda hace casi cien años. Lo que os digo, unos mentirosos. Entrevista y portada denegada.

—Bueno, visto así, el argumento tiene su peso, sí —reconoció Matilda—. Vale, pues a esos les diremos que no. También nos ha llamado la organizadora de los Premios Grammy. Quieren celebrar la próxima gala de los Grammy Lascivos en el Gran Teatro de Córdoba y que lo presentes tu junto a la musa pop Lady Baba.

—¡Fabuloso, fabuloso! Pues esa propuesta sí que la aceptamos. ¡Que ilusión por Dios! Le voy a pedir que cantemos juntos la canción esa suya que me gusta tanto, Abelardo. La compuso cuando se separó de su novio de toda la vida. Por lo visto el tipo no llevó bien el éxito de su chica y se lo hizo pasar muy mal. Tenía muy mala gaga.

—Pues hay otra que te hará mucha, mucha más ilusión, Garbi —dejó caer con intriga y, mirando a mi señora, le hizo una seña para que se animase a hablar.

—Garbi…, —hizo una paradiña aquí que me dejó sin respiración— hace un rato ha llamado… ¡Pedro Almanzora! ¡Quiere hacer una película contigo!

—¡NOOOOOO! —grité— ¡No me lo puedo creer! ¿De verdad? ¿No estás bromeando? —pregunté sin dar crédito y recordando las imágenes del salvamento, *in extremis*, de Antonio Palmeras por parte de su amiga y compañera Penélope Club, cuando le dieron el Ostras.

—De verdad. Estuve por despertarte, pero cuando le dije a Pedro que estabas durmiendo, porque habías llegado reventado de Madrid, me insistió que no te molestase, que te dejase descansar. Aún así, me comentó que primero quería proponerte un corto para calibrar tus dotes de actor y de ahí pasar a un largometraje completo. Incluso ya tiene título: *Todo sobre mi Garbi*.

—Oyoyoyoyoy…, esto es como un sueño —no dejaba de repetir dando vueltas por el salón—. Pues el corto se lo propongo yo, que siempre he deseado compartir pantalla con Javier Camada, el mejor actor del mundo.

Y de la alegría y de la emoción, salí disparado a la piscina y me tiré de bomba. Me daba igual si estaba recién duchado, necesitaba desahogarme, dar rienda suelta a la euforia que me embargaba y, sobre todo, necesitaba que mi chiqui y mis amigas no vieran que se me estaban aflojando los esfínteres de la felicidad inmensa que sentía. Estos se relajaron totalmente en el momento en que estaba en el aire, agarrándome de las rodillas para hacer el salto de bomba perfecto. En cuanto salí a la superficie les dije a los niños que se saliesen de la piscina, que le estaba cambiando el pH al agua, a la vez que les señalaba la estela que había dejado. Igelkott me miraba con mosqueo desde su hamaca. Lo había puesto chorreando con mi apretón emocional y el salto a bomba. El Córdoba estaba para tirarlo.

Mientras me tranquilizaba cambiándole el pH a la piscina, pensaba un poco en retrospectiva. ¡Qué paranoia por Dios! ¿Cómo era posible que la vida diese un giro de 180 grados de forma tan repentina? Hace solo unos meses era una persona anónima, que se ganaba la vida de chapista en la SEAT y ahora me llamaban las personas y entidades más famosas del mundo… ¿Como iba a gestionar todo ese torbellino? Aún a riesgo de que me cambiase el pH de la piel, me sumergí por completo en la piscina para relajarme. Luego me hice el muerto y con el sol en la cara me dije que tenía que hablar seriamente con mi chiqui, con Matilda y con Anduriña. Teníamos que decidir la mejor forma de encarar la nueva situación familiar y profesional para que el tsunami no nos destrozase.

Me puse un albornoz y me volví despacio al salón, donde mis tres chicas se habían ya pimplado la botella de vermut. Imagino que a ellas también les había pillado fuera de juego esta situación que no podíamos haber anticipado. Era normal que, como yo ayer, se refugiasen un poquito en el alcohol. Lo mismo era la mejor forma de decidir cómo afrontar los próximos días, semanas o meses que se nos venían encima. Llamé a la pizzería del barrio para que nos trajesen unas cuantas pizzas de magdalenas, que son las mejores para empapar el alcohol. Después de comer estaríamos todos en mejores condiciones de decidir qué hacer para que la fama no se nos fuera de las manos y nos devorase.

Por una vez, y sin que sirviera de precedente, dejamos que los niños comiesen jugando a la Play en su habitación. No quería que se enterasen de algunos detalles de mi viaje a Madrid. Así que, mientras ellos jugaban, los mayores nos quedamos en el salón con las pizzas y les estuve contando a mi chiqui y a nuestras dos amigas todo lo acontecido desde que me monté en el AVE dos días atrás: María Purísima y su mutación; el taxista asesino y su mano poseída; el museo del Prado con su taquillero chingón y Ernesto el hombre-potro; el colegio de niños pijos; la increíble entrevista con Carlos Cansina y su equipo; la marabunta y la loca escapada en helicóptero con el chófer de Carlos; el susto del accidente de Carlos y Marta; la vuelta en Blablacar; la parada en Despeñaperros y la explosión del castillo hinchable. Aproveché para regalarles las Nancys Falangistas, pero creo que tampoco les hizo mucha ilusión. Se ve que los muñecos/as no son para mi familia y amigos.

En la sobremesa planteé que decidiéramos definitivamente qué hacer con todas las propuestas que nos habían llegado en las últimas horas. Teníamos que planificar bien todo, porque tenía meridianamente claro que lo último que deseaba es que todo esto nos sobrepasase. Tanto a nivel familiar como a nivel profesional. Algo en lo que mi chiqui, Matilda y Anduriña coincidieron al cien por cien. Ellas tampoco querían que esto nos superase, que afectase a los niños o que nos desbordase por ser una editorial pequeña y humilde. Discutimos toda la tarde y al final tomamos una primera decisión en firme.

Restringiríamos las primeras entrevistas y eventos de promoción al ámbito exclusivamente nacional, declinando amablemente, al menos por los primeros meses, cualquier acto de carácter internacional. Eso sí, teníamos que comunicarlo con delicadeza a las entidades y dirigentes mundiales, no se nos fuesen a mosquear y a generar un conflicto internacional.

Acordamos que el siguiente paso fuera ir a la televisión y así ir alternando con los programas de radio. Decidimos acudir primero al *Interludio* del Gran Wisconsin. Yo propuse que podíamos invitar a Jordi Tréboles y hacer un programa conjunto con esos dos monstruos de la comunicación y les pareció bien a mis tres colaboradoras. Así, además, matábamos dos pájaros de un tiro y reducíamos el número de posibles salidas de nuestro círculo de confort. El problema era el pánico que me daba volver a Madrid. Por un momento pensé en proponer hacer el *Interludio* aquí en Córdoba, pero me convencieron de que eso no tenía sentido. Seguro que la próxima vez que fuese a Madrid todo iría bien, me dijeron. Esta primera visita había sido una mala experiencia que no tenía por qué repetirse.

También decidimos ir a Barcelona al programa de *Julia en la Fonda*, de Julia Mortero. Se emite desde la hostería donde Julia se alojó con toda su familia cuando emigraron desde su Lanzarote natal. Pensamos en aceptar su propuesta de colaborar con una sección fija semanal, la mayor parte entrando en directo por teléfono, pero una vez al mes viajaría a Barcelona para participar en su programa en persona.

Y, aunque no es santo de mi devoción, también decidimos acudir al *Avispero* de Pablo Chotos. Tiene el mayor índice de audiencia y nos vendría muy bien de cara a futuras promociones del libro. Es que a mí las personas grandes me intimidan bastante y Pablo Chotos mide dos metros y pesa ciento cincuenta kilos. Siempre presenta su programa con un poncho boliviano que se compró hace años, dice que porque le da libertad de movimiento, que odia la ropa ajustada.

Tiene algunos invitados que me gustan mucho. Por ejemplo, Arturo Gusto Deverte, un escritor muy famoso que cuando habla sienta cátedra. Ha tenido una vida apasionante. De joven fue reportero de guerra y estuvo en todos los fregaos. Luego, cuando dejó el periodismo de guerra, se dedicó a escribir libros de intriga, policíacos e históricos que me engancharon mucho. Y ahí sigue, a libro por año. También está esta chica que me hace mucha gracia hablando, Tarada Falcón, hija de una famosa empresaria de sanitarios y de un constructor de aviones para gobiernos. Una vez al año también viene al programa Carlos Cansina. Lo mismo le propongo hacer un programa con todos ellos a la vez, tiene que estar divertido y me haría ilu hacer una entrevista a dúo con Carlos.

Y finalmente pensamos en aceptar, como no podía ser de otra manera, el Premio Cervantes y el Princesa de Ampurias de las Letras y los Números. Para un escritor novel, recibir los dos galardones más preciados de las Letras Españolas es el mayor de los honores. Y traérmelos para Córdoba, aún más honor si cabe.

Conforme íbamos perfilando entre los cuatro todos los compromisos que suponía la nueva vida en la que nos sumergíamos (el estrés me estaba cambiando el pH de la sangre, después de haber cambiado yo el de la piscina), me volví a agobiar al pensar lo que se nos venía encima. Mi hijo mayor, que pasaba en ese momento por el salón y que algo ya había captado de la situación familiar, se vino hacia mí al verme la cara de angustiado que tenía. Es más listo que el hambre el gachón, como su madre. El otro también es listo ¿eh? Que ya habéis visto como aportó con lo de la máscara de Igelkott.

Pues mi bombón mayor me dijo algo que me tranquilizó y me ayudó a afrontar el futuro con entereza. Se sentó a mi lado, me puso una mano en el hombro y me dijo:

—*Be water, my friend.*

He de reconocer que su frase me pilló a contrapié. Fíjate que yo algo de inglés sé, pero estaba tan despistado y angustiado con los planes a corto plazo, que le respondí que me hablase en español o, al menos, en inglés que algo entendía, pero que si me hablaba en parmesano no me enteraba de nada.

—Tranquilízate papá —me respondió mi primogénito sonriendo— que te estoy hablando en inglés, pero te lo traduzco igualmente. *Sé agua, amigo mío.*

—Hijo, me pillas espesito del todo, explícamelo como si fueras Dora la Exploradora a ver si me entero de una vez.

—Papá. Lo que quiere decir *Be water, my friend* es que te adaptes como el agua. Que, en función de donde estés, te adecúes a las circunstancias como el agua cuando la echas en una pecera, en un vaso o en una palangana. Adáptate de forma tranquila y suave como el agua se adapta a su recipiente y déjate fluir.

—Bueno, pues en parte eso lo he hecho ya en la piscina, hijo —expliqué—. Me he dejado fluir, lo mismo hasta más de la cuenta, que le he cambiado el pH y todo.

—Sé agua papá, será la mejor forma de afrontar tu nueva vida y nuestra nueva vida.

—Te haré caso, hijo. Te haré caso. Pero antes de ser agua, vamos a ser cervecita y Aquarius que os invito a mamá, a tu hermano, a Matilda y a Anduriña. Vámonos a la judería de tapeo.

Y allá que nos fuimos todos en el tráiler a celebrar el éxito de nuestro libro. Lo aparcamos al otro lado del río, que hay sitio de sobra en la explanada de la feria. Y cogido de la mano de mi chiqui, que está cada día más guapa, con mis dos hijos cada vez más mayores, un par de metros por delante charlando de sus cosas (el FIFA y Fornite), y con mis amigas Anduriña y Matilda a las que estaba infinitamente agradecido, cruzamos el Puente Romano. Dimos primero un paseo por el Patio de los Naranjos, nos tomamos de aperitivo una tortillita de patatas en El Santos y luego nos fuimos tranquilamente andando a la Sociedad Plateros del Potro a tomarnos unos flamenquines, unas croquetas y unas berenjenas con miel. Como unos reyes, para celebrar que íbamos a ser agua, *my friends.*

Y esa frase, que en ese momento inicial no fui capaz de intuir el alcance que tenía, la hice mía en los siguientes meses y la tuve como referencia para cada uno de los pasos que dimos la familia en nuestra nueva vida.

Pero lo mismo esa nueva vida os la cuento en otro libro ¿no os parece? Es que me he venido arriba y creo que lo mismo me da para escribiros un libro más. Aunque eso me lo tendréis que decir vosotros, queridos lectores, si merece la pena o no.

FIN

# AGRADECIMIENTOS

(Qué menos para un cordobés y hombre de bien)

Tentado he estado de poner la página de agradecimientos al principio. Total, puestos a cambiar los cánones de la Literatura Universal bien podíamos empezar por ahí. Pero bueno, tampoco hay que llevarlo al extremo. Lo dejamos por ahora en el orden tradicional y luego ya veremos.

Este libro tiene algunas cosas autobiográficas como podréis imaginar.

Existe una chiqui, la de verdad, y a ella le tengo que agradecer todo. Absolutamente todo. Los treinta años, casi, que llevamos juntos han sido y son los mejores de mi vida. ¡Eres una campeona! Y ahora más que nunca.

También los dos bombones son reales y son fantásticos, por más que a veces pierda la paciencia con ellos, principalmente por cuestiones puramente tecnológicas. ¡Os quiero con locura erizos!

Al resto de mi familia y amigos porque, de una forma u otra, lo que soy ahora es en buena parte consecuencia del camino recorrido juntos.

Al detonante de que haya decidido escribir este libro en poco menos de tres meses (y haya tardado lo mismo, chispa más o menos, en corregirlo). Mi amigo Antonio, a quién no veía desde hacía demasiados años. Gracias Antonio por haber sido, posiblemente sin quererlo, el empujón que necesitaba para lanzarme a esta aventura. Lo mismo ayudaron las cinco o seis Alhambras Verdes que nos pimplamos durante las cinco horas que echamos juntos aquella tarde del 3 de enero en la Alameda. Ya puestos, gracias también a Cervezas Alhambra por el apoyo logístico inicial.

A mi diseñador gráfico de cabecera Juan Clemente bonitapresiozacanalla. Gracias Juan por haberte involucrado e ilusionado tanto con este proyecto. Lo que me he reído con tus wasaps y tus emails. Poco bien hiciste en dejar Agrónomos y dedicarte al diseño gráfico, ¡eres un verdadero crack!

Gracias también a los familiares y amigos, algunos de ellos plenamente coyunturales, con los que he compartido este libro antes de intentar publicarlo. Gracias por vuestras críticas, por vuestros consejos y por vuestro tiempo. Y espero también que por vuestras risas. Mención especial para Pedro, mi desconocido consejero virtual en el complejo mundo de la edición literaria. Gracias por tus emails y tus recomendaciones.

Y gracias a Ana, la verdadera Matilda, y al equipo de Ediciones Passer por haber hecho este libro realidad. Gracias Ana por responderme a los cuatro días de enviaros el manuscrito, por el tiempo que has invertido en las correcciones y, sobre todo, por tus consejos y tu constante apoyo. He aprendido mucho contigo de este proceso tan complejo, pero a la vez apasionante, de publicar mi primer libro. Espero que no sea el último y que sigamos trabajando juntos. ¡Gracias Matilda!

# AGRADECIMIENTOS
# Y
# DESCARGO DE RESPONSABILIDAD

Finalmente quiero agradecer que no me metan en pleitos a todas aquellas personas, autoridades, entidades con y sin ánimo de lucro, comercios, instituciones oficiales, etc., que se pudieran sentir identificados con algunos de los personajes, autoridades, entidades con y sin ánimo de lucro, comercios, instituciones oficiales, etc., descritos en el libro. Cualquier parecido con la realidad es mera coincidencia, esto os lo puedo asegurar (igualmente ya os habéis dado cuenta, con poco que seáis algo sagaces, durante la lectura).

Gracias también a esos jueces que han sentado jurisprudencia al dictar sentencias absolutorias que amparan la sátira como forma de libertad de expresión. Con ese respaldo judicial, me siento mucho más tranquilo y seguro intentando publicar este libro sin temer ir a tribunales.

# AGRADECIMIENTOS

# Y

# DESCARGO DE RESPONSABILIDAD

[illegible]

# ÍNDICE